徳間文庫

野望の峠

戸部新十郎

徳間書店

目次

野望の峠——新宮十郎行家、源氏棟梁への非望

　保元元年の七月、乱が起こった。源為義の第十子、十郎義盛はこのときはじめて鎧《よろい》をつけた。まだ少年であった。けれども、初陣する少年に対し、通常ごく自然に抱く初々《ういうい》しく、かつ可憐な若武者ぶりなど、どこにも感じられなかった。不恰好《ぶかっこう》な才槌頭《さいづちあたま》が拡がり、おどおどした小さな眼が窪《くぼ》んでいた。それでいて、厚ぼったく色の悪い唇を、これも色の悪い舌の先で、したりげに舐《な》め廻していた。おびえた眼付きとはうらはらのふてぶてしさが窺《うかが》えた。総じて、少年としては不相応なかげりを宿していた。

　もっとも、このたびの争乱は一様に武者たちの表情を曇らせた性質をもっていた。当今《とうぎん》と上皇、関白と左大臣といった血縁者の不和、不平が原因の争いであって、それぞれに従う武者たちもまた、親子兄弟が互いに敵味方に分かれて闘わなければならなかったからである。

　ただし、十郎に宿るかげりは、まったく別のものであった。むしろ、血縁者同士が相闘うさまを、ひそかに舌舐めずりして悦《よろこ》ぶ、といった陰湿さがあった。そんな陰湿なかげりに、まだだれも気づいていないようであった。これまで、単に可愛げのない小童《こわっぱ》として、とかくなおざりにされてきた男である。元来、陰影に隈取られる性根というものは、なおざりにされた片隅で育つものかもしれないが、そこまで詮索する者はだれ一人、なかった……

源家にあっては、すでに家門の実権者といっていい長兄義朝が当今方につき、父親為義が義朝以外の伜《せがれ》たちを率いて、上皇方についた。伜たち、といえば大仰だが、六十一歳の為義が心から信じ、力と頼っているのは、前年九州から戻っていた鎮西八郎為朝ただ一人であった。ときに為朝は十八歳だが、すでに九州で猛威を揮《ふる》ったその勇名は高かった。なにせ、身の丈七尺に余り、左手の長さが右手より四寸も長く、十五束という大矢を用いている。熊皮の尻鞘《しりさや》に収めた三尺八寸の大太刀を佩《は》き、悠々とゆらぎ歩く。まさに鬼神という形容がふさわしかったのである。

十日にいたって、上皇方の軍勢は、白河殿の北殿に移って備えを固めることになった。大炊《おおい》御門に面する東の門を平忠正、源頼憲、西の門を為朝が固めた。そして、御所の西、賀茂河原に面した門を、為義と為朝以外の伜たちで守った。十郎もそこにいた。

当今方に較べてかなり劣勢であった。のみならず、広い御所に分散して守ったので、武者たちがどこにいるかと思うほどであった。

「なんの、小伜めが」

備えについた為義が、寥《りよう》々《りよう》とした備えを眺めながらいった。小伜とは、義朝のことを憎みあなどった言葉であった。

もともと、為義と義朝はなぜか不仲であった。もしかしたら、為朝をもって後嗣としたいと考えており、このさい、あえて敵味方に分かれたのかもしれなかった。それにしても、父子が分かれて闘うのは、愉快でないことはだれもが感じていた。それゆえ、しいて義朝を憎々しげにいうのは、どちらかといえば士気を高めようという含みが強かったようだ。

けれども、一同の表情はかげった。

ただ一人、十郎だけは色の悪い唇をべろりと舐めていった。

「兄者を討って、手柄にするか」

陰鬱《いんうつ》な声であったが、沈んだ一瞬だったので、ことのほか大きく響いた。ほかならぬ為義がぎょろりと眼をむいたし、兄弟たちもいちどきに十郎を見据《みす》えた。いずれも、その不謹慎な広言をなじる眼の色である。

十郎ごときが義朝を討てようはずはないが、思っても口外してはならぬ言葉であった。

やはり、どこかでつながる骨肉というものであろう。

十郎はうろたえ、しかし厚顔げな薄笑いを残して、そろりとその場を外した。留める者はなかった。だいたい、ものの数にも入らない存在であった。

「西の門へ参ろうぞ」

十郎は郎党の弥藤左にいった。この男は十郎の幼いころからついており、もしかしたら生涯を通じ、かれのいいなりになる唯一の男であるかもしれなかった。大柄で、いたずらに足が速かった。

弥藤左は黙って、背を向けてしゃがんだ。それへ乗る十郎を肩車に担《かつ》ぎ、とっとと駈け出した。そうするのが幼いころからの習慣になっていた。

西の門には為朝がいる。さながら鬼神のような姿で、ゆらぎ動くのが見えた。

弥藤左の肩車から下りた十郎は、怖れげもなく歩み寄って行った。離れている弥藤左のほうが、おののきあわてて、う、う、と喚《わめ》いた。為朝の傍へ寄ると、雷電に打たれると噂《うわさ》されていたからだが、十郎は屁《へ》とも思っていないようであった。

前年、為朝が九州から戻ってきたとき、兄弟たちはその魁偉《かいい》な姿を、怖るおそる遠く離れて見守った。兄弟が兄弟と思えず、異国の種がふくらんで、突如、仲間入りしてきたようなものであった。十郎はしかし、この巨男《おおおとこ》が骨肉の愛に飢《う》えているらしいことをすでに見てとっていた。

「十郎義盛でござる。初陣にあたり、鎮西どのにあやかりとうござる」

こういって、あまり可愛いくない笑顔を作った。そして、その太い腕や長い太刀をなで廻した。

為朝ははにかむようにして立っていた。案外、優しい眼であった。果して、この少年の弟が狎《な》れ親しむさまを喜ぶ気ぶりが窺えた。

「鎮西どのがまことの総大将じゃ。鎮西どのがおられるかぎり、われらは負けぬぞ」

世辞であった。当時の武門の兄弟は、時として他人以上に疎遠になったが、それにしても聞き苦しい世辞といわねばならなかった。

「手柄を立てたいのだな」

為朝は、重瞳《ちょうどう》の眼を細めて笑った。

「わしの傍《かたわ》らにおるがよい。よい敵の一人や二人、討たして進ぜよう」

「そのつもりで参ってござる」

「ただし」

為朝は暮れなずむ空を見上げていった。

「戦さは敗けだ」

「なにゆえでござるか」

「先刻、軍議にあずかったおり、わしは、夜討を進言した。が、取り上げてはくれなんだ。大和からの援軍を待つそうだ。公卿どもに戦さの機がわかるものか。逆に当方が夜討をかけられては、ひとたまりもない。敵ではあるが、兄者義朝どのなら必ずや夜討を考えよう。まず、敗軍は必定であろう」

「夜討、なるほど、夜討でござるか」

十郎はこうつぶやきながら、小さく窪んだ眼を、せわしげに動かしていた。為朝ともあろうものが、戦さは敗けだというからには、定めし覚束ないだろう。

十郎は弥藤左を呼んで、耳打ちした。

「義朝どののもとへ走って伝えるのだ。当方では漫然と援軍を待っている。夜討をかければ、ひとたまりもあるまい、と」

弥藤左は無表情にうなずくと、直ちに白河殿を走り出た。

勝てば為朝によって、手柄の分け前を得ることができる。敗けても、義朝に好《よしみ》を通じてある。とても少年の及ぶ考えではなかった。老獪《ろうかい》であった。

弥藤左が、わざわざ姑息《こそく》な情報を伝えるまでもなく、当今方では夜討をかけることに決まっていた。

「戦さの道はまちまちなれど、たやすく敵を従えること夜討にしかず。天の明けざらんうちに、陣頭に押し寄せるべし」

このような義朝の進言は、為朝と全く同じであった。ただ取り上げるか取り上げないかの差があった。のみならず、当今方では戦勝の暁には、昇殿を許すであろうといって激励した。義朝は感激し、明日を知れぬ武士の身だからと、その場で御殿の階《きざはし》を半ばばかり昇り、大いに満足した。そして、その足で自ら二百騎を率いて白河殿に押し寄せている。

このときになって、上皇方では後悔した。あわてて為朝を蔵人《くろうど》の役につけ、奮戦を督励した。一歩も二歩も遅れている。

為朝は嘲笑った。笑いが止むと、そのまま豪強な武士の姿になった。猛々しい鬼神の勢いが、全身にみなぎるのがわかった。

十郎は戦さそのものより、為朝の勢いに怖れを感ずるようにして、そろりそろりと退った。退りながらも、小さな眼をちろりと輝かし、戦さの模様を見逃すまいとした。ことに、義朝と為朝という骨肉の闘いを、眼のあたりにしたいものだと願っていた。

見ていると、平清盛がきて退き、同重盛が現れて退いた。いずれも為朝の名乗りを聞いただけで敬遠した。その間に十何人かの敵が為朝の烈しい弓勢《ゆんぜい》にかかって倒れていた。

白々と明けるうち、川を押し渡り、東の堤に駈け上ってきた武者が名乗りかけた。

「下野守義朝である。宣旨《せんじ》によって見参」

為朝はあいまいに笑い、しかし、ことさら大仰な仕草で答えた。

「鎮西八郎為朝。院宣《いんぜん》によって固め申す」

十郎は身を乗り出した。義朝の姿が、白々明けの中に鮮やかな武者影を浮き出していた。が、為朝の弓勢によれば、一矢でその武者影が崩れるだろうとおもった。そう期待もした。

きりりとしぼった弓から放たれた十五束の矢はしかし、義朝の兜《かぶと》の星を割り、うしろの寺門の扉に刺《さ》っただけに終わった。明らかに、故意に外したものと思われた。十郎としては、不服であり、面白くなかった。

そこへ、敵の手によって火が放たれた。火焔は風に煽《あお》られて拡がった。傍らにすでに立ち戻っていた弥藤左がいたが、ふいにしゃがんで背を向けた。その広い背が、もういかん、とでもいっているようであった。

十郎はちゅうちょすることなく、その肩車に乗った。弥藤左は速足を駆って、もう為義の固める門へ向って走り出していた。

為朝の傍らにいると、まっ先に死なねばならぬ怖れがあった。当時の武家のならいとして、郎党が主人の身替りとなり、年少者が年長者の身替りとなり、究極には主長を守ることになっていたからである。

それなら、為義の傍へ行っても同じではないかと思われるが、十郎の老獪な判断によると、為義は逃げ出す公算が大きかった。じっさい、為義はおのれの怯惰《きようだ》のせいではなく、上皇を守護して落ちる役目がある。

十郎が為義のもとへ戻った時、上皇ははや、三井寺さして落ちるところであった。為義や伜達がそれに従い、十郎も当然のようにしてその手の中に混っていた。為朝ただ一人、残って敵の追撃を防いでいるのが望見された。

途中、上皇は仁和寺に入ることになり、為義たちは、比叡山から坂本に出た。気がつくと、従う者は数えるほどに減っていた。それから湖水を渡り、東国へ赴くつもりであったが、為義はあたりを見廻して、なんども溜息をついた。人数が少ないばかりでなく、一同疲れ果ててもいた。

「これでは覚束のうござるな」

十郎は囲りに聞こえよがしにいった。この男だけが、敗け戦さの悲痛やこれからの苦難を、いささかも感じていない気ぶりであった。見ようによってはえらく放胆のようであった。

為義は疲れに面をかげらせ、なんとなく十郎のほうを見返った。なにか叱責しようとして、途惑《とまど》ったというあんばいであった。十郎はすかさずいった。

「もはやこれまで。義朝どのを頼られるがようござろう」

為義はしばらく考え、力なくうなずいた。十郎のこの小癪《こしゃく》な進言は、あるいは為義自身の考えを射ていたのかもわからない。

為義は叡山の一坊で出家入道し、ふたたび山越えして京に入った。むろん、十郎も供をして、義朝のもとへ身を寄せた。十郎は為義が命をまっとうすれば、おのれの機転によるものだし、処刑を免れ得ないとしても、おのれだけは助かるだろうと考えていた。

ところが、もっと性悪で、底深い企みの男がいた。平清盛であった。

為義は敗れた上皇方の総大将だが、その長子義朝は当今方第一の功労者である。その功をもってすれば、たぶん為義の助命は聞き入れられることだろう。けれども、清盛はそんなに甘くはなかった。このさい、源家の勢力を削《そ》ごうと考えていた。そこで、肉親の情をもって正逆を誤ってはならないとして、自ら降ってきた叔父の忠正を斬ってしまった。

義朝は苦悶した。が、ほかによい方途はなかった。やむなく、父為義を斬に処した。

「源家は親殺しをやる」

清盛は横手を打って嘲笑した。十郎も考えこそ違うが、そんな骨肉の悲惨な結果を眺めて、陰湿な悦びを味わっていた。

このとき十郎以外の倅たちは流されるか斬られるかした。この卑小な末弟だけが助かったのは、夜討進言という返り忠の効果であったかもしれないし、あるいは兄弟の端くれに対する情というものかもしれなかった。十郎はひそかにおのれの予感の当ったことに満足していた。けれども、じつはかなり見当が外れていた。義朝には十郎を兄弟と思う実感が、まったくなかったし、清盛のほうでも無視していた。要するに、どうでもよい存在であった。十郎はそんな立場で、なんとなく義朝のもとに従っていた。

保元の乱から三年、平治元年十二月にふたたび乱が起った。このたびは一部の公卿たちの野心に、義朝自身が加わった。

さきの乱ののち、なにかと平家の下風に立たされる義朝としては、この機会に清盛を討とうと考えた。公卿たちの野心とは別個に、武力というものがじっさいの決着をつけ、主導権さえ握られそうだという考えが芽生えてもいた。おりから、清盛は長子重盛らを引き連れ、熊野権現参詣に出かけた。権現の利生を信ずる清盛は、大晦日にその神殿に参籠し、新年を迎えるつもりである。まず絶好の機会であるといってよかった。

義朝は生き残っている在京の源家、すなわち、源頼政はじめ、光保、光基、文徳源氏の季実らに呼びかけた。一同は一門の棟梁の指図に喜んで従おうといってくれた。

十郎にはなんの相談もなかった。従うのが当然のように、

「出陣じゃ」

といった。あたかも、郎党にでも声をかけるようなものであった。

もはや、義朝の兄弟として、十郎は上方にただ一人残った男である。扱いが変ってもよさそうなものだと思わぬでもなかった。けれども、十郎は別に文句はいわなかった。また、いうべき立場ではなかった。

そうされるのが当然であって、当然なことが起ったにすぎないと考えた。もし忍耐というなら、それはあまりに陰湿にすぎた。唇を舐めなめ、こう弥藤左に笑いかけた。

「まえの争乱のようになればよい。敗けて、そして一党が散りぢりに死んでいけばよい」

弥藤左は無表情にうなずいた。

「なあ、そうだろう。源氏の主だった者が死に絶えれば、自然とわしの存在が大きくなるというものだ」

弥藤左はやはり無表情にうなずいた。

十二月九日の夜、義朝は軍勢を揃《そろ》えて、後白河上皇の御所、三条殿に押し寄せ、上皇を内裏《だいり》に押しこめた。ついで当今を幽閉し奉り、その勢いで反対党の公卿の邸も焼き討ちした。

第一段の計画はうまくいった。義朝と組んだ公卿は望み通り大臣になり、義朝は播磨守となった。播磨守は保元の乱後、清盛が得た官位で、かねがね義朝が羨み望んでいたものであった。ところで、義朝はこの争乱に三人の伜たちを従えていた。なかでも長子の悪源《あくげん》太《た》義平は早くから関東に在って、強悍《きようかん》ぶりをうたわれていた。叔父である帯刀先生《たてわきせんじよう》義賢を討ち殺したりした。義賢は十郎にとって次兄であり、木曽義仲の父親に当たる。

その義平はこのたびの争乱のために駈けつけたのだが、猛々しい悪名といい、強悍な面魂といい、さきの乱における八郎為朝を偲《しの》ばせた。ときに十九歳であったが、既に源家の大棟梁になるべき威が備わっていた。

但し、いたずらに傲慢であって、十郎のことをあからさまに黙殺した。為朝のような意外に優しい一面もなく、近づきがたかった。

「為朝のように、流されるか、そうでなかったら死ねばよいのだ」

十郎は見るなり、そう思った。思い、というより、一種の怨念に近かった。

あとの二人は十六歳の朝長と十三歳の頼朝であった。あまりに義平の存在が大きいので、十郎はこれら年少の伜たちについて、まださほどの憎しみを抱かなかった。ことに、義朝から、もっとも可愛がられていると見受けられる頼朝は、この色あせた叔父十郎に対し、充分、叔父としての礼をとってくれた。色白、面長で、どらかといえば弱々しげだが、冷徹なほど、筋目を通す。馬を揃えるとき、うろうろしている十郎に、

「こちらへ」

と傍らへ呼んでもくれた。十郎としてはそんな一言でも嬉しくなくはなかった。

そのときまだ、明確に企みとして考えついたわけではないが、義平以外の男なら、叔父という立場でうまうま籠絡できるかもしれないと感じていた。それにしても、このまま義朝一党が体制を固めているのを、手をつくねて眺めているという法はなかった。十郎は弥藤左に秘命をさずけた。

「熊野に走れ、清盛に急ぎ京へ戻るようすすめるのだ」

このたびはしかし、名を明かすことをひかえた。弥藤左といういやしい郎党が、手柄を立てたい存念から走ったという態にした。

どれほどその効があったかどうか、わからない。いずれにしても、清盛は田辺のあたりで、京に起った異変を知った。ときに、長子重盛は断固、京へ引返すべきことを主張し、逡《しゅん》巡《じゅん》ぎみの清盛を従わせたと伝えられる。

十七日の夜中、清盛一行はひそかに六波羅の邸に帰りついた。いったん義朝方へ名簿《みょうぶ》を捧げて従うように見せかけ、その夜のうちに御所の近くに火を放ち、どさくさにまぎれて幽閉されている当今と上皇を奪い返した。

迂闊《うかつ》にも、義朝のほうでは気がつかなかった。気がついたときには、勅命を捧げた清盛方の軍勢が、いまにも攻め込もうとしていた。一瞬にして朝敵になった。播磨守もなにも、あったものではなかった。

じつは、義平は狼狽して戻ってくるであろう清盛一行を、阿倍野あたりで邀撃《ようげき》すべきであると進言していた。が、公卿は聞かず、公卿に従う義朝もまた取り上げなかった。為朝が悔んだのとまったく同様であった。

蹉跌《さてつ》はなんら力のない公卿、ないし公卿化した武士が、力のある武士の意見を聞かぬことから起ると、十郎は既に考えついていた。それゆえ、不吉な兆《きざ》しは既にあったのだし、十郎自身、その不吉を内心期待していた。

とにかく義朝はあわてた。あわてながらも、軍勢を整えた。練色の直垂《ひたたれ》に源家重代の楯《たて》無《なし》の鎧を着け、ややともすれば動揺しがちの一党を率いて立った。十郎もなに喰わぬ面持で、軍勢の末に連なっていた。

平家の軍勢はまず、御所を攻めた。待賢門から進んだ重盛は、大庭の椋の木の囲りで、義平と追いつ追われつして闘った。源平両御曹子《おんぞうし》の一騎討ちだが、十郎にはまったく無縁な光景であった。華やかさをさらに華やかにするため、椋の木がいつか左近の桜と右近の橘に置き換えられて語られたが、十郎としては眼や耳をそらしたくあっても、称《たた》える気はさらさらなかった。

平家の軍勢はいったん六波羅に退いた。これは策であった。充分に陣を張って、引きつけてから決戦しようというものであった。だけではなく、前年新造した御所を焼くまいという配慮がなされていた。そのことだけでも、清盛のほうが義朝より数段、勝れているようであった。

六波羅の攻防は、当然ながら策に勝った平家が優勢であった。義朝は六条河原に退いた。平家の軍勢が策略上、退いたのとはわけが違った。単に敗れて退いただけであった。

ただし、六条河原の一角には、かねて源頼政の一軍が陣を布いている。唯一といってもいい頼りであった。しかるに、頼政はいたずらに形勢を観望しているばかりで、動こうとはしなかった。

「頼政め、首鼠両端《しゅそりょうたん》をなす。まずあれより撃つべし」

義平が叫んでいるのが聞えた。その声につれて、十郎も頼政布陣のあたりを見やった。すかさず、弥藤左がしゃがんで背を向けた。十郎はためらわずに、その背に乗った。まるで諜《しめ》し会《あ》わしてでもあったかのように、弥藤左は頼政の陣へ走り出していた。

その頼光四代目の老将は、あいまいな笑顔で十郎を迎えた。はじめ、頼政軍前陣の督促にきたと思ったようであったが、一見して十郎の気ぶりを読み取っていた。そんな端倪《たんげい》すべからざる眼光であった。

「十郎義盛でござる。かねて頼政どのを敬慕仕っていました。まさに頼政どのの形勢を見透す眼識は正しゅうござる……」

敗けと見たら、容易に動かぬ眼識である、そう十郎はいい続けようとして、止めた。頼政はやはりあいまいに微笑みながら、陣の一隅を指さしている。その席はあたかも十郎のために空けてあったかのように拡がっていた。そして、はじめからそうしていたかのように、才槌頭をそこに据えたのである。

義朝一党は敗れた。京には平家に敵対しなかった頼政だけが、源氏の名を留めていた。十郎はその袖の下にのうのうと生き残った。

やがて、東国へ落ちようとした義朝が、尾張の代々の家人《けにん》のもとで殺されたという噂が伝わった。続いて、悪源太義平が捕えられ、六条河原で斬られた。二男の朝長は途中ですでに死に、三男頼朝は捕えられていた。その頼朝が、伊豆の蛭《ひる》が島というところへ遠流《おんる》となったという噂は、死罪でないだけにいささか気になったが、心に痛むほどでないと思われた。

さらに、義朝の愛人で常盤という白拍子《しらびょうし》が、三人の子供を抱えたまま捕まった。それらの子供たちは、それぞれ今若、乙若、牛若と称したが、常盤が清盛の妾となることによって、命を救われた。ただし、かれらはいずれも出家することになっていた。だいたいが幼い者たちであるし、これまた気に留める必要がないと考えられた。

――なにごとも、うまくいった。

十郎は、思った。この不逞《ふてい》で非情な思いは、源氏追い落しに成功した清盛の満足感にそっくりであった。ただ、清盛の安堵に較べ、漠とした野望へ胸躍らせたのが、いくぶん異なっていた。

処分が一段落した時、十郎は頼政にいった。

「もはや、源氏の長となるべき人は、あなただけですな」

じつは、源氏を嗣《つ》ぐべきは、おのれだといいたくてうずうずしていた。ことさら抑えているのは、いつかの秋《とき》に、この老武将を表面に立てたい下心があるからであった。

頼政はその必要もないのに、あたりを見廻し、空咳を連発した。が、近衛河原のその邸は、単に新緑が映えて見えるだけであった。それでも、頼政は声を落していった。

「いやいや、あえて申すなら、そなたであろうよ」

「手前ごときが」

十郎は下手くそな所作《しょさ》で手を振り、唇を舐め、小さい眼をしきりにしばたたいた。溢れるような悦びを、どう抑えようもないというあんばいであった。常に慎重すぎるほどの頼政の言葉は、座興としてもあまりに重かった。もしかしたら、実情はおのれの思惑を遥かに越えて、うまく運んでいるかもしれぬと思った。

「わしはもはや世捨人。そこへいくと、そなたは若い。いつ、どのように世の中が変るかもしれぬ。そのとき一旗揚げるのは、年齢といい立場といい、そなたをおいて他にない」

と、頼政は更にさりげなく言葉を続けた。

「そのようなそなたであるから、いつまでもここにおれぬかもしれぬ。そろそろ、六波羅でも眼をつけていると聞く」

「まことでござるか」

十郎は困惑した。かつて味わったことのない困惑であった。それは選ばれた者のみが感ずる不安といってよく、一種の誇りをともなうものですらあった。けれども、じっさいの危険は危険として、たしかに迫っているらしいことを考慮しなければならなかった。

「かねがね考えていたことだが」

頼政は遠い空を眺めるようにしていった。

「熊野の新宮へ、しばらくひそんだらいかがか。あそこには六条判官どの（為義）の娘御がいるはず。それに、熊野は清盛どの崇拝の地。めったなことはござるまい」

「姉でござるか」

十郎は考えこんだ。

父為義の娘は田鶴原どのといって、別当教真の女房になっている。十郎の姉に当るが、顔も知らない。が、いろいろ身のために図ってくれそうに思えた。仔細はなかった。相手が女の肉親で、それも優しげな名であるからにすぎない。じっさい、十郎は母親どころか、女というものの情愛を、まったく知らずに過ごしてきた。ほのかな憧れがなくもない。

けれども、十郎は一方では都落ちすることに、少なからぬ寂しさを感じた。頼政を通じて、公卿や平家の公達《きんだち》にまで、知辺《しるべ》ができた。それは狭く、弱々しくあっても優雅といえた。かれの知っている源氏の粗《あら》武者とは異なっていた。肌合いとして、かれが心ひそかに志向しているものによく似ている。

それゆえ、都落ちすることによって、おのれ自身、軽蔑すべき粗い田舎武士に堕《お》ちてしまうことを怖れた。ことに、新宮には粗暴な悪僧どもが多いと聞く。

「新宮でござるか」

十郎はこういって、頼政の視線を追うようにして、遠い空を仰いだ。頼政はやはりさりげなくつけ加えた。

「なにも熊野で逼塞《ひっそく》している必要はない。おりにふれ、京へやってくるがいい。新宮暮しは、あくまでも六波羅の眼をおおうためだと思えばよい。それに、ひそかに手兵を作っておくのも、けっして悪くはござるまい」

　悪僧どものことをいっているらしい。いかにも、悪僧どもを味方にできれば、その粗暴さが大きな力になることだろう。おもえば、坂東武者ばかりを頼りにできぬ源氏になっているようだ。

「そうですな」

　十郎は、いくぶん傲岸げな口調になっていった。

「参りましょう」

「それがようござろう。では、配慮いたして進ぜよう」

と、頼政は眼を細めた。微笑んだようである。

　頼政は十郎の身の上ではなく、おのれの安全のために新宮行きをすすめたのかもわからない。かれはごくひかえめに生きてはいるが、その沈んだ心の底に、どのような烈しい秘謀が渦巻いているか、わかったものではない。いまこそ頼信の流れが源氏の嫡流となっているが、頼光の末が源氏の棟梁になって悪いいわれはなかった。

　そのいつの日にか、という野望が、十郎という男のためにはかなく消えるようになるのを案じたのではないか。十郎は見れば見るほど、油断のならぬ男であった。奸佞《かんねい》の相が窺える。自ら立って、邪悪を働くことはできまいが、身中に巣くって蝕《むしば》む虫のようにである。

この虫は、筐底《きょうてい》深く折り畳んで秘めた源氏の白旗を蝕み、一片のぼろ切れにしてしまいはしないか……

ただ、頼政は老練で慎重であった。こと荒ら立てて、十郎を新宮に追い遣《や》る方法をとらなかっただけである。まもなく、十郎は弥藤左一人を連れて、新宮に下って行った。

十年余り経った。いつのまにか、十郎の才槌頭がさほど目立たなくなり、小さく窪んだ眼が、小さいなりにぎらぎらと妖気をはらんでいた。醜く、卑小ながら、なんとはない貫禄のようなものが備わってきた。

田鶴原の配慮で、新宮の暮しは思ったほど悪くなかった。下熊野に、十郎のための館も建った。女もできたし、酒も飲んだ。女は男の子を生んだ。十郎に似て、あまり可愛くはなかった。それより、酒を飲んで気焔をあげることのほうが楽しかった。飲むと、

「わしは、源氏の嫡流じゃ」

というのが口癖であった。

「いまにみろ、わしが源氏の棟梁になる。そしたら、ここへ莫大もない寄進をしてやる」

と衆徒相手に気焔をあげた。気焔をあげ得るのは、衆徒たちが服従しているか、そうでなかったら、あたまから侮《あなど》っているか、のどちらかであっただろう。京を離れているとは

いえ、めったに口外すべき言葉ではない。

　じっさい、衆徒たちは半ば疑い、半ば信じていた。疑いは天下が容易に崩れそうもない平家のものであるからだし、信じたのは、当の新宮の十郎（新宮へきてからこう称《よ》ばれていた）以外、源氏の名を聞かないからだった。まったく、源氏は音沙汰なかった。

　十郎はしばしば京へ上った。そのたびに、頼政は用心深く、あいまいな笑みを浮かべて迎えた。話題は花鳥風月に限られた、旗揚げの話どころか、源氏の消息を訊《たず》ねようとしただけで、咳払いをしてそらした。

　よそ目には、単に昇進だけが楽しみの老武将の姿であった。

　〝のぼるべきたよりなければ木の下に、椎（四位）を拾いて世を送るかな〟

と詠《よ》んで、四位の時代の長いのを嘆き、三位《さんみ》に叙せられた。清盛のはからいだが、清盛はなぜか頼政を買い、「正直者である」と評していた。

　それにしても我慢強かった。頼政の伜の仲綱は、清盛の伜宗盛にその愛馬を召し上げられたのみならず、その馬に〝仲綱〟という名をつけられ、当然ながら日々呼び捨てにされていた。それでも頼政は、じっと耐えていた。

　仁安年中に、鵺《ぬえ》という怪物を、たった一矢で射落したことがあった。それはそれで頼政の衰えぬ武威を示すものではあったが、十郎はその鵺という得体の知れぬ怪物の精が、頼政に乗り移ってしまったのではないかと思った。そのように、頼政には摑みどころがなかった。

もう七十を過ぎていた。昇進を願い、忍耐強く生きるのが、もし仮りの姿であったとしても、やがて、そのまま朽ち果てるのは眼に見えている。

——頼政がやらねば、このわしがやる。

十郎は思ってみた。が、かれが自ら進んで立てないことは、おのれ自身が一番よく知っていた。だれかを頼らねばならない習性であった。そのだれかとは、まず頼政であり、しばしば上京するのは、その健在を確かめに行くようなものであった。あせりが少し、出た。

秋のある日、突如として別の大きい不安が訪れた。近ごろ、京の五条の橋あたりに、怪しげな稚児《ちご》が現われ、刀を帯びる者を見ると、挑んでは刀を奪うが、その主は鞍馬へ入って出家したはずの牛若であって、亡父義朝の菩提を弔《とむら》い、かつ平家呪咀のためだというのであった。

噂によると、牛若は匂うように美しく、強悍で敏捷であった。だれ一人、互角に闘った者がないといわれていた。

十郎は考えた末、弁慶という者を招いた。この悪僧は新宮の衆徒の出で、叡山に上って西塔に住したことがあり、自ら武蔵坊と名乗った。無双の力持ちのうえ、兵法《ひょうほう》に長じ、常に幾つかの得物を背に担ぎ、楽々と諸国を駈け廻ることができた。じつは十郎が心ひそかに、頼りにしている悪僧であった。

十郎は弁慶に充分、酒肴をもてなしたうえ、

「貴僧は日の本一の力持ちで、だれにもおくれを取ったことがないというが、まことか」

と切り出した。

「疑い召さるか」

弁慶は小山のような巨軀を持ち上げた。はやくも顔を真っ赤に火照《ほて》らしてもいた。そんな単純なさまが、十郎の気に入った。

「いま京で名の高い稚児がいる。じつは源氏の流れだ。われら逼塞《ひっそく》のいま、あからさまに名乗り合えぬのが残念だが、いざという秋のため、その力量を心得ておく必要がある。貴僧、その者と腕試しをしてみないか」

「稚児相手に力試しでござると」

弁慶はせせら笑った。それどころか、美しい稚児なら抱きもしようが、討つ気になれるものか、ともいった。

「強い若者だぞ。これまで何百人という武士がやられている。たぶん、かの者こそ日の本一の強者ではないか」

十郎は煽った。内心では弁慶に牛若を討ち取ってもらいたかった。そんな若く、美しく、強い者は、十郎にとって邪魔にこそなれ、ちっとも大切ではなかった。

煽動は充分に手応えがあった。弁慶は無言で大杯をあおると、はや小山のような体をどすどすと動かして、去った。直ちに京へ駈け上がる気勢であった。

「弥藤左」

十郎は犬のように忠実な郎党を呼んだ。

「急げ。弁慶に遅れるな」

この無口な男は、黙って背を向けた。十郎はその背に乗って、一散走りに京へ向った。

五条の橋の上には、秋の月が照っていた。耿々《こうこう》と小凄い光であった。十郎と弥藤左は橋のたもとの蔭にひそんで見守った。

まず、弁慶が現れた。裹頭《かとう》をなし、広巾の裳裾《もすそ》をはね上げ、長大な薙刀《なぎなた》をたずさえていた。薙刀はかれの幾つもの得物のうち、もっとも得意なものであった。かれがこうやって現れたのは、定めし京へきて牛若の風聞を確かめたからであろう。並々ならぬ意気込みが窺えて、十郎は満足であった。

一夜、二夜は何事もなく、三日めの夜、りょうりりょうと横笛を吹きながら稚児が現れた。これが牛若であった。

弁慶が走り出て、一言二言、声をかけたと思ったら、長大な薙刀が夜気を裂いて唸った。それにつれて、牛若の影がひらひらと舞った。

長いようであったが、案外に短い時間であったかもしれぬ。薙刀の峰が牛若の袖にからみ、その美しく舞う影がはらりと散った。すぐさま、弁慶は薙刀を捨てて、組み敷いてしまった。討たれるのが眼に見えていた。

十郎は弥藤左を見返り、にやりと笑っていった。

「たかが小童だ。弁慶のくそ力に敵《かな》うものか」

が、異変はその直後に起った。組み敷いていた弁慶が、はじかれるように飛び退いた。そして、橋上に両手をついていた、牛若は何事もなかったように起き、ばかりか、弁慶の帯びていた長すぎる刀を奪い、ふたたび横笛を吹きながら消えて行った。

十郎は駈け寄った。弁慶はまだ手をついたままの姿勢でいた。

「どうした、弁慶。おくれをとったのか」

弁慶は振向きもしなかった。心も眼も、とっくに消え失せた牛若を追い慕っている気ぶりが、ありありと窺えた。やがて、ぽつりといった。

「拙僧ははじめて、武門の棟梁という者に接した。あの気品、あの匂い、あれこそまことの源氏の長となるお方だ」

「源氏の長はわしだ」

「違う」

弁慶は怒ったようにして、立ち上った。ここで弁慶に怒られてはたまらない。十郎はあわてて退った。その未練な振舞いを、いまいましそうに眺めて、弁慶は喚いた。

「うぬなぞ、話にならぬ。どだい気品が違う。せいぜい、あの方の馬の口でもとるがいい。拙僧は決めたぞ。あの方の家来になるのだ」

言葉遣いも、一変していた。そのまま、牛若の消えたかなたを、月光に照らされながら走って行く。

「衆徒というやつは、稚児さえ見れば、いい気になりおる」

十郎は舌打ち混りにつぶやいた。もっとも、できることといえば、つぶやくことぐらいであっただろう。いまはっきりと、弁慶という単純な眼によって、武門の棟梁になるべき者と、そうでない者の判別をつけられたようなものである。

「なに、いまに見ておれ」

十郎は力んでみた。弥藤左が無表情に、ああ、と不明瞭にうなずいた。もとより、なんの足しにもならなかった。焦燥だけが湧いた。

治承四年四月、ついに頼政は動き出した。後白河法皇の第二皇子、以仁王《もちひとおう》の令旨《りょうじ》を戴き、諸国の源氏とともに、平家打倒の旗上げを策したのである。

以仁王の背後には、広大な所領をもつ八条女院がいる。また、高倉上皇が上皇になられてから初の参拝に、前例を破って厳島へ赴かれたことから、南都、北嶺の僧徒たちが激昂している。時宜といい、財力といい、まず当を得た頼政の判断であった。

十郎はすでに新宮から呼び出されていた。八条院の蔵人に任ぜられ、その資格をもって諸国に令旨を伝える役目を仰せつかった。

「令旨伝達の役目とは残念でござる」

と十郎は心にもないことをいった。

「それなら、そなたが大将軍として戦われるか」

と頼政は笑っていった。とっくに、十郎の柔弱《かよわ》いらしいことを見透す眼であった。

もとより、十郎には真っ先駈ける勇気はなかった。それより、野心ある男として、諸国に散る源氏の顔や有様を見ておくのは悪いことでないと考えていた。十郎は義盛から行家と名を改め、令旨伝達に京を出た。

いうまでもなく、令旨伝達は隠密を要した。が、東国へ向おうとする弥藤左の背をたたき、

「新宮へ」

と叱咤した。弥藤左はいわれるまま、この山伏姿の中年男を背に担いで走り出した。その姿は珍妙でなかったら、醜悪であった。

新宮へ着くと、十郎はかねてなじみの衆徒を集めた。

「かく申すは、源蔵人行家である。以仁王の令旨を捧げて参った。われらに味方して名を挙げよや」

十郎としては、凜然として叫んだつもりであった。かれの晴れ姿であった。そう叫んでみると、叫ぶことだけが目的のように思われた。

衆徒たちのどよめく光景をはっきり見た。十郎は得意であった。もはや衆徒たちが味方につこうがつくまいが、どうでもよかった。

どよめく衆徒の中から、あわてて走り去る者があった。すぐに察しはついた。そいつは平家一門の祈禱師である本宮の大江法眼《ほうげん》のもとまで、この秘事を告《し》らせに走ったのであろう。が、十郎は驚かなかった。秘事の露《あらわ》れる迂闊を悔むまえに、別のことを考えていた。

本宮からは直ちに六波羅へ危急が告げられるだろう。そこで清盛は先手を打って、頼政を攻めるだろう。まだ檄《げき》を飛ばしている最中の頼政は、不意を喰って敗れるだろう。七十過ぎの老人だから、たぶん死ぬだろう……

それならそれでよいと思った。もはや令旨は下っている。頼政の使命はそこまでだと考えればよい。むしろ、都合よく振舞うことができるだろう。十郎は巧まずして、一重の効果を果たしたらしいことに満足した。

「さ、行かにゃ」

十郎はせわしげに、弥藤左を促した。せわしげなさは、緊張し、活気みなぎる風情を見せつけるのに役立つはずであった。

十郎は道中では弥藤左の背に乗り、山中では山伏姿になって杖をついた。そして、近江、美濃、尾張を経て、伊豆に向った。行く先ざきで、丁寧な扱いを受けた。反応もよかった。じっさいは令旨がものをいっているのだが、おのれ自身の威光のように思えた。いっときだが、錯覚が錯覚でなくなっていた。

伊豆の北条館《ほうじようやかた》に着いたのは、四月の末である。かつて見たとき十五歳の少年であった頼朝は、もう三十歳を過ぎていた。むかしのままの冷たい肌合いで、いくぶん固苦しい風姿になっていた。

が、かれは以前のような律儀さで、丁重な礼を尽そうとした。叔父を叔父として扱う態度が窺えた。すると傍にいた女が、なにやら耳打ちをした。女は勝気そうで、耳打ちもほとんど命令に似た口調のようであった。北条政子だとあとでわかった。

頼朝は突然、座を改めた。十郎をずっと下座に据えた。叔父ではなく、郎党かなにかに対する構えであった。

――われこそは、源氏の棟梁。

ひかえ目だが、そういおうとしているらしかった。しかも、そうさせているのは、明らかに政子であった。当然、伊豆一帯の北条家の勢力がついているものと思わねばならなかった。

十郎はあまり面白くなかった。そこで急いで令旨を取り出した。これまでの経験によると、令旨をたずさえる十郎自体が威光をもつはずであった。するとまた、政子が命令口調でささやいた。

頼朝はいったん奥へ入り、水干を着けて出てきた。そしておのれも下座につき、はるかに石清水《いわしみず》八幡を拝してから、令旨を見た。明らかに、十郎と令旨を別物にしていた。いまこそ十郎は単なる伝達役にしかすぎないことを思い知らされた。

十郎は早々に北条館を出た。出るなり、弥藤左を奥州平泉へ走らせることにした。そこの藤原館に牛若がいる。はじめ、十郎は五条橋で垣間見た牛若の見事すぎる風姿から、呼びかけは止そうと思っていた。けれども、頼朝のもつ雰囲気に接したとたん、その権威が政子や北条家によって作られつつあるものであれ、対抗者の必要を感じた。それはとりもなおさず牛若であった。これら源氏の棟梁をもって任ずる男たちは、十郎が立ち向うより、かれら同士で相争わせたほうがよいと考えついたのである。

十郎は一人、甲斐、信濃を廻り、木曽に入った。木曽には義仲がいる。さきに、悪源太義平に父を討たれて、孤児になっていた。

じつは、十郎は義仲にさしたる期待を抱いてはいなかった。ただの山猿であって、戦力としていくらか足しにはなるだろうと考えていたにすぎない。が、義仲に会って、思いをまったく新たにしなければならなかった。

「きょうの日を、お待ち申しておりました」

義仲はこういって、十郎の手を押し戴くようにした。囲りには、義仲を盛り立てるのであろう一党が、びっしりと集っていた。十郎が令旨を捧げて諸国を廻っていることをすでに耳にしていて、きょうかあすかと待ち構えていたらしかった。

ある意味では、頼朝よりも牛若よりも、武門の棟梁として、独自の力が備わっていると思えた。のみならず、孤児育ちのせいか、叔父である十郎に、純朴な敬慕の情を示した。だいいち、涼しげな美男であった。

この義仲の兄仲家は、頼政のもとにいた。たぶん、一度も相見ぬ兄弟であろう。義仲はしきりと兄仲家のことを訊ね、親代りの頼政を慕い、それらの身替りに対するようにして、十郎に狎れ親しんだ。

もとより、十郎は悪い気がしなかった。かつて覚えぬ憐憫《れんびん》の情に近いものすら感じた。

「頼朝も牛若も甥なら、そなたも同じくわしの甥じゃ。いずれも正しく源氏の正統、八幡太郎義家さま四代の後胤《こういん》である。それぞれ相競うて、平家討伐に力をふるうよう」

と、興に乗っていった。ただし、相競えといっても、協力しろとはいわなかった。言葉遣いにすぎなくとも、十郎はおのれの欲望をゆるがせにしたくはなかった。

居心地よいまま、十郎は木曽に滞在していた。そこへ弥藤左が馳せ戻ってきた。奥州ばかりでなく、京の模様も既に耳にしていた。

それによると、頼政は清盛に機先を制せられ、やむなく宇治橋で戦い、そして敗れた。十郎の軽率な行為が、この老武将の長い忍耐の裏に秘めた一念をふいにしたわけだが、もはや十郎にはなんの感慨もなかった。

――向後《こうご》は頼朝、牛若、そしてこの義仲、この三つの柱を操ってやる。

と、小さな眼をきらめかし、やたらと唇を舐め廻していたのである。

八月、頼朝は東国の一党を率いて旗上げした。が、石橋山で敗れ、箱根山から土肥に出て、さらに安房へ逃げ込んだ。

このとき、十郎も自ら旗上げすべく、濃尾の間に兵を募っていた。募るというより、なんとなく時を稼いで様子を見守っていたといったほうがいい。本気で募兵したとしても、たぶんあまり乗ってこなかっただろう。かれは気品もなく、勇気もなく、いたずらに傲岸で、けちであった。京の下級公卿の悪いところだけよく似ていた。

それゆえ、頼朝の敗報に陰微な悦びを感じた。三つの柱のうち、はやくもその一本が崩れたと思った。

「頼朝が敗けたか。ふむ、そういうやつだわ。あいつは元来、北条の木偶《でく》じゃ。とても源氏の大将になどなれる器《うつわ》ではないわ」

十郎は田舎の濁酒《にごりざけ》を飲みながら、このようなことを何度もなんども繰り返して喚いていた。が、それは早計というべきであった。

頼朝は僅か一箇月余りで、関東の諸豪をその麾下《きか》に従えていた。敗れて、しかも大きくふくらむとは、まったく信じられぬできごとであった。

その頼朝が鎌倉へ入ると、諸豪はさらに続いて恭順してき、源氏、平家を問わず、関東一帯の武士群の棟梁に収まっていた。十郎は小さい眼をむいて、驚き、おののいた。

引き続き、頼朝が富士川で平家の大軍を敗走させたという情報が伝わった。この大勝はいやがうえにも頼朝の地位を決定的なものにした。頼朝は敗走する平家の軍勢を追おうともせず、鎌倉に戻って、大倉に新たな館を建てた。それは、関東武士の府というものであろう。

まだ、官職も位階もなかった。が、じじつ上の支配者であった。京へ出て官位昇進を望まぬということが、十郎にとって不可解であり、恐ろしかった。

それればかりではなかった。富士川の戦いの直後、奥州から牛若改め義経がやってきた。そして、兄弟手を握り、相擁して涙したということであった。これまた、十郎の案に相違して、協力の姿勢であった。

――こうしてはおられぬ。

十郎は翌養和元年正月、急ぎ集めた手勢で、美濃の板倉で兵を挙げた。が、ごく簡単に敗れた。退いて洲股川《すのまたがわ》で戦い、また敗けた。ここでは、義経の兄の義円(もと乙若)が、頼朝からの援軍を率いてやってきていた。十郎はいたずらに義円と戦功を争うあまり、敵の待ち受ける中へ先陣駈けして、軍陣を一瞬に乱してしまった。そのどさくさに、義円は討死したし、十郎が新宮でもうけた伜の行頼は捕えられてしまった。

十郎はほうほうの態で逃れ、小熊に拠《よ》って戦ったが、また敗けた。焦りが出た。さらに退いて三河の矢作川《やはぎがわ》に陣取って、ようやく小康を保つことができた。

十郎は意を決して、鎌倉を訪れた。かれは鎌倉ではことさらに横柄に振舞った。ことに、木曽義仲が独自の一党だけで、着々北陸道を平定しているさまを、口を極めて称揚した。これらは頼朝の神経を少なからず刺激した。そうしておいて、ある日、頼朝にいった。

「わしに領国を呉れんか。わしは七度戦って七度敗けた。戦さには運のない男よ。それもこれも、自らの領国をもたぬせいだ。領国さえあれば、ずんと役に立つ。そのうえ、京の事情に通じている。おまえさまにとっても悪くないはずだ」

十郎としては、どうせいい分は聞き入れないだろうと察していた。だから高飛車に出た。その伏線に義仲を賞めちぎってある。いやなら義仲のもとへ行くという構えである。一種の恐喝のつもりであった。

頼朝はしかし、冷静にいった。

「領国はそれぞれの力でござる。欲しくば、自らの力で獲《と》られるのがよろしかろう」

じつは頼朝には十郎の浅はかな企みがとっくに読めていた。そして、稠密《ちゅうみつ》な計算をしていた。かれにははじめから十郎など眼中にない。気がかりなのは、義仲の勢いであった。いつまでも勢いの赴くまま、手をこまぬいて眺めていてはいけないと思っていた。ことを構えて、叩《たた》かねばなるまいと企んでいる。そのことを構えるのに利用できる男、それがこの十郎ではないか……

果して、十郎は木曽へ逃れて行った。日ならずして、鎌倉から義仲討つべしと軍勢が動いた。理由は頼朝に逆らって出た十郎を、義仲が事情を知ってかくまっているというにあった。

「やれやれ。いま叩いておかぬと、終生頼朝に頭が上がらぬぞ」

十郎はけしかけた。が、頼朝と競う気はあっても、敵対する心のない義仲は狼狽した。純情で、人を恋しがることしか知らぬ義仲には、骨肉の争いということは考慮のほかであったのかもわからない。

「新宮十郎行家どのは、かりに鎌倉どのに意を含むことがありましても、せっかく手前を頼って参られた叔父でござる。無下《むげ》な扱いはできかねます」

義仲はこのような意味の釈明をし、嫡子志水冠者義高を人質として差し出した。

頼朝はそれを請け入れた。もともと、義仲を討つのが本意ではなく、明確な地位の差異を悟らせ、それを天下に知らしめればよかったのである。それに、義仲の力をこれから利用する必要もあった。

同等の血族でありながら、義仲は頼朝の下風に立った。あくまでも頼朝が宗主であり、義仲は傍系にすぎないことを、自ら証明したようなものであった。

十郎は不服げに、頬をふくらました。義仲の情けで身を全うできたにもかかわらずに、である。

「いまの世は力と官位だ。力は頼朝よりおまえのほうがある。官位はわしが京の手づるによって必ず進めてやる。頼朝は無位無官ではないか」

こんなことを、繰り返しいった。そのたびに、義仲は頬を染めて、

「そのうちに、きっと」

と、羞《はにか》みながら答えていた。

一年おいて、平家の軍勢は十万の大軍をもって、義仲攻めに押し寄せてきた。義仲は一万の軍勢で迎え撃ち、まず般若野で勝ち、砺波《となみ》山へ進んだ。平家は軍勢を二つに分け、本隊を倶利加羅《くりから》峠に、一隊を極め手として能登の志雄《しお》山に向けた。

十郎は一隊をあずかって、志雄に陣取っていた。が、戦さに弱い十郎は、たちまち敗れた。攻め勝ったのは平知盛らだが、しかし勝勢をかって倶利加羅峠に向ったとき、すでに本隊は義仲の急襲に会って、敗走しているところであった。

義仲は追撃した。志雄で敗れた十郎も、なに喰わぬ顔で、殿《しんがり》ながら追撃の隊列に加わっていた。かれとしては、はじめて味わう進撃であった。

義仲の軍勢は京へ入った。人気はなかった。はじめから、かれは野人の体臭を、京の街に押しつけるつもりは毛頭なかった。が、公卿や京童《きょうわらわ》の態度というものは、頭から嘲っているようであった。その反発がことさら生《き》のままの振舞いをさせた。不思議なことに、

十郎までが義仲を田舎者だとなじった。

十郎は従五位で、備前守に任ぜられ、昇殿を許された。邸として法住寺の南殿を賜わり、京の東南一帯を守護することになった。得意満面であった。顔見知りの公卿には、義仲という用心棒を連れて乗り込んできたのだと吹聴《ふいちょう》した。だれが見ても、義仲の尻馬に乗っているとわかったが、気心が知れているだけ義仲よりまだしもと思われた。そんな公卿の心理をまた、十郎はよく心得ており、義仲を侮ることが公卿の心をくすぐることにつながった。

要するに、かれは義仲を侮りつつ、栄華な暮しを誇った。いま、一息だと思った。けれども、それはそんなに長く続かなかった。頼朝は横暴を極めているらしい義仲討伐のため、軍勢を催した。頼朝として、もっとも怖れたのは、義仲の横暴ではなく、ひるがえって平家と手を結ぶことにあった。義仲が考えつかなくても、傍にいる奸佞十郎なら工夫するかもしれないのである。

もっとも、いつまでも落ち目の義仲に行を共にする十郎ではなかった。宇治から義経を大将とする一軍が京に迫ると聞くと、義仲は十郎と謀《はか》って、法皇を奉じて北陸へ逃れようとした。十郎はその謀計を、忠義面をもって即座に法皇の耳に入れて脱出させ、かれ自身は勝手に平家追討と称して、京を出た。

またしても播磨の室泊で平家軍と戦って敗れ、河内へ逃げ込んだ。かれとしては勝敗はどうでもよかった。戦火にさらされる京を逃れ、いずれが勝つか、傍観しておればよかった。が、義経軍が優勢だと知ると、たちまち石川城にこもり、あからさまに義仲に叛《そむ》いた。義仲はいつまでも純情な甥ではなかった。さすがに、憤って樋口兼光を向けてきた。十郎は戦うまえに城を捨て、紀州名草に逃れた。

その間に、義仲は近江粟津ヶ原で敗死した。入れ替って、むかし鞍馬にいた若大将義経が都に入り、都人の圧倒的な人気を得ていた。十郎はのこのこと出てきた。

十郎はのうのうと京の街を闊歩《かっぽ》していた。もとより威を藉《か》っての振舞いだが、その威は義仲から義経に替ったにすぎなかった。義経が、平家追討に西国に赴いている間、なんの役にも立たないのに、かれもしきりに西国と京を往来し、源氏一党はことごとくわが意のままになると豪語してはばからなかった。

怖ろしいのは頼朝だけだが、かれは鎌倉の地を一歩も出ることがなかった。京にきて公卿の心を収攬《しゅうらん》するすべを知らぬうつけだと思っていた。が、あとになって、京に入ることなく、天下を静穏に治めるのが、もっとも公卿たちの気に入るやり方だと気がついた。頼朝はつとに、それを心得ていたようだった。

やがて、義経は大勝して帰り、意気揚々と鎌倉に向った。が、頼朝は義経に会おうとはしなかった。強くて、人気のある義経がうとましいのは、義仲に対するのと同然であった。さらにひそかに案ずれば、そんな立場の義経が、あの十郎と結ぶであろうことを、読んでいたかもわからない。

が、十郎はここが勝負時かもしれぬと思った。あるいは今まで生き長らえてきたいわれも、ここにあるのではないか……

十郎は、悄然と京へ戻った傷心の義経をそそのかし、頼朝討ちをすすめた。義経は力なく頷いた。同意せざるを得ない立場になっていた。

いまや、十郎の目指す敵は、はっきりと頼朝一人にしぼることができた。天下は頼朝と義経の対決に極まるだろう。ずいぶん長い道程であったが、とうとう最後の峠にさしかかったと思った。

義経と十郎は朝廷に強訴《ごうそ》して、頼朝追討の宣旨をとりつけようとした。が、朝廷では許さなかった。常に似ず強い態度であった。それほど朝廷の観測は甘くなかったようだ。十郎も、十郎にそそのかされた義経も、考えているほど鎌倉の勢威は弱くなかった。遠くだが、それだけに厳然と聳《そび》える武門の府と見えたに違いない。

おりから、不穏な気配を察した鎌倉方では、昌俊坊という刺客を向けた。その騒ぎが都じゅうの評判になった。もっと大きい事件が起きるかもしれぬと思われた。

頼朝追討の宣旨が下ったのは、その直後である。しょせん、朝廷では頼朝追討に同意したのではなく、騒ぎの因となる義経たちを京の外へ出したかったのであった。それが証拠に、鎌倉方から抗議がくると、たちまち宣旨は撤回され、逆に義経ならびに十郎追討の宣旨が下った。迂闊であった。京の風潮を知悉《ちしつ》しているはずの十郎としては、まったくどうかしていた。おのれの力んだ気持が、われながらおかしかった。

義経一党は西海へ走った。そのとき、義経だいいちの忠臣になっている武蔵坊弁慶が、

「こんなやつと組むと、ろくなことはない」

といった。弁慶の素朴な眼には、十郎の野望というにはあまりに隠微な策謀がよく見えたのだろう。果して、摂津大物浦で漕ぎ出した船が沈んだ。十郎は義経と別れわかれになり、和泉に打ち上げられた。

やがて、追討の軍勢が押し寄せた。囲りにはもはや弥藤左だけになっていた。そいつは依然、無表情であった。近づく追討勢は、源氏の白旗をなびかせていた。

「おい、見ろや。あれが源氏の旗だ。わしには血まみれで、どす黒く見えるがな」

十郎はこういって、分厚い唇を舐めた。近ごろまた、幼いときのように、才槌頭が拡がってきたようである。

破顔——最後に笑った国盗りの雄・北条早雲

一

伊勢から伊賀へ抜ける加太峠は、氷雨に煙っていた。夕景近くなると、風も強くなった。風が吹くたびに、半ば朽ちて傾いた祠堂の扉がきしんで、音を立てた。本尊仏はとうのむかしに、ない。

峠から祠堂の方へ、幾つかの人影が小走りに下りてきた。六人の牢人者だが、一人は若い女をかついでいる。

「ここがよかろう」

一人がいった。

扉はことさら開くまでもなく、あけ放たれていた。かれらは堂の内へ上り込んだ。それぞれの濡《ぬ》れた着衣から湯気が立った。六人の男どもの汗と男臭さを含んだ湯気であった。

いま、京では応仁年中にはじまった争乱が、なおつづいている。牢人達はしかし、その落武者ではなさそうだし、そうかといって野伏《のぶせ》り、野盗の類いとも思われない。

京の争乱に関係なく、世に出る望みを抱いている仲間同士といった風情があった。少なくとも、女を捕えて、思うさまもてあそぼうという粗《あら》い素振りではない。どこぞに女が倒れていた、それでかついできた、せっかくだから抱くのも悪くはない、そんな練れた落着きが感じられる。

「むかしなら、だれをさしおいても、真っ先に抱くのだが」

女をかついでいた男がいいながら、女をそっと破れた床に置いた。

女は別に気を失っているわけではないが、ひそとも動こうとしなかった。その蒼ざめた表情には、沈んだ気品があった。たぶん、京から逃れてきた由緒《ゆいしょ》ある家の女であって、この近辺から上っている奉公人のもとへ身を寄せようとでもしていたのであろうか。

一同はしかし、由緒ありげな女だからといって、そのために格別の興趣を抱くふうはなかった。ごく自然の成り行きのように、女を中にして、車座に坐《すわ》った。

「そうはいっても、女というものを久しく触っていないのも事実だ」

「いかにも」

「だれからでもかかるがいい」

静かに会話が交わされた。女にとって、それはいっそう不気味であったにしても……

「では、わしが」

一人がずり寄った。

するとゝ他の者は申し合わせたようにして、ころりと横になった。眼をつむったり、あらぬ方を眺めたりした。だれにも、心急《せ》く気配はなかった。

しばらく、女の着物をはぐ音がしていた。京ふうの小袖は、男の武骨な指が触れるたびに、華やいだ衣ずれの音を伝える。焚《た》きしめてあった香の匂いが、うっすらとただよった。

「うぬ」

手をかけている男が、ふと唸《うな》って、舌打ちした。

「どうした」

一人が半身を起した。

「こいつ、なかなか強情な」

「それはうまくないいな」

と、囲りの一同も起き上った。

すでに剝《む》かれて裸になっている女は当然ながら四肢を固くしていた。小さい口元を、しっかと嚙みしめていた。このまま、舌でも嚙み切って果てようという気ぶりが窺《うかが》える。

「おまえでだめなら、もう手に負えぬ。見逃すとするか」

だれかが神妙な口ぶりでいったとき、突然、薄暗い堂の内陣の方で、ゆらりと人影が立った。

「何者か」

一同の者は、とっさに刀を掴んだ。その仕草は素早く、そして激しかった。並々ならぬ男どもであることが察せられる。

立ち上った男は、

「先客でござる。他意はござらぬ」

と、ゆっくりいった。

声音に一種の渋さがあった。年は四十を幾つか越しているだろう。やはり牢人者である。

そいつは油断なく身構える一同を、まったく無視して近寄ると、女の傍にしゃがみこんだ。

「ほう、京の女子だな」

こうつぶやいて、ためらいもなく、女の固くしている股間のあたりに顔を近づけた。

だれもさえぎる者がなかった。ある威風を備えた立居振舞に、一同は気を呑《の》まれたようにして見守った。

そいつは、しばらく股間に掌をかざして図るようにしていたが、まず口をすぼめて、

――ふう……

と吹いた。それからつぎに、口を開いて、吹いた。どうやら、冷たい息と温かい息を、交互に吹きかけようとしているようであった。

その技法は妖しく、深遠であり、一同はつい惹《ひ》きこまれていった。いつのまにか、一瞬抱いた警戒の念は失せていた。

女の表情が、少し歪《ゆが》んできたようであった。それは苦痛に耐えるためではなく、内からの微《かす》かな昂揚の顕われというものかもしれなかった。徐々に徐々に、女の両脚がほぐれて開かれていった。その白い太腿のあたりが、艶を帯びたように輝いてきた。

「これで、ようござろう」

そいつはこういうと、何事もなかったように立上って、内陣の蔭に姿を消した。微かな物音は、手枕をして横になったのでもあろうか。

六人の男どもは、互いに顔を見合せた。そいつに畏敬の念を抱くには、それほど長い時間を要しなかった。

「これ、先客どの。起きてくりゃれ」

「わしのことかな」

そいつはふたたび、ゆるりと立上ってきた。それまで死んだようになっていた女が、あわてて小袖を引き寄せ、そっとおのれの裸を覆った。

「もう、済まされたか」

そいつは笑いもせず、一同にいった。

一人がらちもないというふうに、手を振りながら進み出た。

「われら、京の争乱にいささかの興味もござらぬ。あれはあさましい一門一族の権力争いにすぎなかろう。よって、われらこの地に下り、一と旗上げようと存じたなれど、どうもうまくいかぬ。このままでは野盗になり下がるほかござらぬ。見たところ、そこもと、なかなかの見識者と心得る。われら一党に加わり下さらんか」

一党の盟約はさして難しいことではなかった。だれかが一番先に城持ちになれば、他の者はその家来となって助け合うこと、それまで、しばしば会合して、情報の交換、互いの激励をつづけること……

「わしはさほどの男ではござらぬ」

とそいつは一同を見廻しながらいった。

「なれど、望みはご一同に異ならぬ。ご一党の末に加えてくださるか」

「承知下されてかたじけない。われら……」

と、六人の男どもが、それぞれ名乗った。

荒木兵庫、多目権平、山中才四郎、荒川又次郎、大道寺太郎、有竹兵衛……

最後にそいつが、三白眼を据《す》えて、名乗った。

「伊勢新九郎でござる」

二

だれかがひさごの酒を取り出した。飲み廻すうち、そこは天下を論じ、意気高く志を語る場となった。

天下に志ある者が、げんに戦われている戦さに背を向け、うつぼつと湧く功名心を抑えているのは、思えば奇妙であった。それは氏素性のない連中の新しい息吹ともいえた。

酒が入ると、自然、一座は声高になり、笑いも混った。けれども、新九郎の声音はあくまでも渋く、一片の笑いも見せなかった。女はいつのまにか、そんな新九郎の背後にうずくまっていた。

やがて、それぞれの得手の話になった。ある者は槍に長《た》けているといい、ある者は太刀打ちが得意だといった。またある者は、さほど通用するとは思えない血筋を、ことさらに誇った。血筋も得手といえぬことはない。

「伊勢どのはいかがでござるか」

と、荒木兵庫が訊《たず》ねた。いずれも、新九郎より五つ六つから十ぐらい若いが、兵庫はなかで年かさのようであった。

「わしにはとりたてて申すほどのものはござらん。ただ、少々の耐え忍ぶ心がござる」

と、新九郎はいった。

「縁辺はいかがか」

「叔母なる者が、駿府にござる。また、性悪の乱破《らっぱ》を一人、存じている」

これでは、まったく縁辺がないといっているようなものであった。ことに、性悪の知辺《しるべ》とは奇態である。

一同はこれを、笑わない新九郎のせめてもの戯《ざ》れ言だととった。その真顔を見れば、戯れどころか、ひかえめながらかなり頼んでいることが察せられたはずである。

空が白んできた。

「ご一党に加わった手はじめに、一つ、所望がござる」

と、新九郎が唐突にいった。

「なんでござるかな」

兵庫が代表して訊ねた。

「ほかでもない。この女子をくださらんか」

「まさか分別あるそこもとが、女子を抱きたいというのではござるまい」

「それはわからぬ。わしも男でござる。それも飢《う》えた男でござる」

「ま、よろしかろう。だいたいがだれの女子というでもない。いっそ、伊勢どのにおあずけすれば、一同の気もすみ申そう」

「かたじけない」

新九郎は、うずくまってまどろんでいる女を抱き起した。

女は柔順であった。柔順というより、いたわられることが習慣になっているようであった。あるいは、おのが肉体の一部を、口つけんばかりに覗《のぞ》かれた羞《はじ》らいが、そのまま依頼心につながっているのかもしれない。

新九郎はしかし、女の慕い寄る態度を、いささかも忖度《そんたく》しなかった。

「俄かに思い立ったことがござる。いずれ、また」

と、女を連れて堂を出た。氷雨がまだ煙っていた。

二年経った春、新九郎は京に姿を現わした。

京ではまだ争乱が終っていなかった。ただし、膠着状態になった東西両軍は、諸国から寄せ集めた野伏り、乱破などの足の軽い雑兵どもだけで、思い出したように戦った。

その雑兵どもも、戦火が地方へ拡がるにつれて、地方へ散りはじめた。焼野原ではあるが、京にはしだいに平穏が戻ってきていた。

家を焼かれた難民達も戻ってきて、そこここに仮の宿を建てた。思えば此の世は仮なのだから、宿は常に仮なのかもしれない。その証拠に、子供達はごく無邪気に戯れていた。新九郎は焼けて立枯れた樟《くす》の巨幹を背に、子供達の遊びをあかず眺めていた。袖無羽織に裁付《たつつけ》、細身の刀を帯び、笠をかむっている。そんないでたちで歩ける街になっていた。

子供達は焼土の上で、陣取り遊びをしているようであった。かわるがわる賽《さい》を振り、小さな手の親指を軸にして円を描いた。それぞれの陣地の先端が触れ合うと、少しでも蚕食すべく、真剣な眼付で賽を振り、そして喚《わめ》いた。その手も泥だらけなら、賽もまた、ただの泥の塊りとしか見えなかった。

ある子供はあまりに陣地を拡げたため、堆《うずたか》く盛り上ったところに乗り上げた。小さな手で円を描いたひょうしに、盛られた土が崩れて、半ば骨になった腕が出た。

腕はなにもない虚空を摑むようにしていた。けれども、子供は平気で腕そのものを、おのが陣地内に取り込んだ。死骸には慣れっこになっているのである。

「わあい」

一人の子供が頓狂に叫んで躍り上った。他の子供も、それにつれて立ち上り、嬉しそうに叫んだ。いま、背丈の怖ろしく高い男が、笑顔を見せてこちらへ歩み寄っていた。

その笑顔はしかし、醜悪でなかったら奇怪というべきであった。牙に似た歯がむき出てもいた。柿渋の帷子《かたびら》に、太く短めの刀を一本、ぶち込むように差していた。風態から察するに、東西いずれかの側に雇われた乱破であろう。そいつはしかし、子供一人一人の小さな掌の中へ、袋を傾けて干飯を分け与えた。しばしばそうしているらしく、慣れた和《なご》やかさがただよった。

子供の一人が、拡げた両掌の中へ口を突っ込むようにして、新九郎の方へ跳ねてきた。そこに、動かぬ裁付を見、袖無羽織を見、それからはじめて気づいたように、畏るおそる笠の内の新九郎の顔を仰ぎ見た。

「あ」

子供の表情が変った。醜悪な笑みを浮かべる牙男より、よほどましだと思われるのに、愕《おどろ》き、そして、いまにも泣き出しそうになった。ばらばらっと干飯がこぼれ落ちた。

牙男の長い影がすいと翔《と》んできたと思ったとき、もう刃がきらめいていた。新九郎の笠が裂けてひらりと舞った。

けれども、新九郎はよけもかわしもしなかった。たぶん、さいぜんからそのままであったらしい凝結した表情が露《あら》われた。三白眼ばかりが光っていた。

「おい、笑ってやれ」

と、影がささやいた。

「笑うことは何もない」

と、新九郎は答えた。

「なくても笑ってくれ。もし、子供を泣かすようなことがあれば」

影はいったん収めた刀に手をかけていった。

「おまえさんでも許しはしない」

なかなか腕が立つようであった。腕が立つということより、難民の子供達を慰めて廻る気心の方が不思議である。いくぶん、滑稽といえなくもない。

「泣かさねばよいのだろう」

新九郎はこういって、いまにも泣きだしそうな子供の前へ、顔を突き出した。それはことさら睨《にら》む仕種になった。

子供は涙をためて立ちすくんだ。すくんだまま、泣くことを忘れ去ったようであった。

影はあわてて、その子供に干飯の入った袋を摑ませ、尻をたたいてやった。子供はおこり、でも落ちたかのようにして駈け去った。

「これでいいか」

新九郎はいって、樟の幹の裏へ廻った。

「いいことがあるものか。おれは本気でおまえさんを斬ろうとした」

と、影はいいながらついてくる。

「ぶっそうなやつだ。性悪の知辺だから仕方がないか」

「とにかく、子供達のいっときの楽しみを奪うやつは、だれでも許せん」

「いっときの楽しみか」

と新九郎はやはり三白眼をきらめかしていった。

「わしは四十年、楽しみを知らずに過ごした」

「おれはそういうおまえさんを、必ず笑わせてやるのだ」

「おまえが陣取りの賽か」

「そういうことかもしれん。子供達の賽も、おれが呉れてやったものだ」

「話が符合しすぎる」

と、新九郎は遠くを眺めるようにしていった。

「ところで、駿府の動きはどうだ」

立枯れの樟の根本に、影が二つ、長い間並んで立っていた。

三

加太峠のいつかの堂へ、新九郎の姿がゆっくりと近づいて行った。もう十何度目かの会合の日であった。

木の新芽や春草が萌《も》えていた。堂はいよいよ朽ち、崩れて見えた。そればかりでなく、多少の足跡の乱れが窺われた。

「曲者を捕えておいた」

いつかの長大な影が、ふと現われていった。

堂の内には、六人の牢人達がうしろ手に縛られていた。荒木兵庫以下、一党の連中であった。

「解き申せ」

と、新九郎はあわてていった。

「わしの仲間だ」

「おまえさんの現れるのを待っていたぞ。危害を加えようとしていたのではないのか」

「黙って解き申せ。まっ先に一旗挙げた者を、主人とあがめる約束がある。とすれば、このなかにわしの主人がいるかもしれぬ」

「そうか」

影はふつふつと縄目を解いた。素早い仕草であった。

「ひどい目に会うた。いったい、何者だ」

一人が腕をさすりながらいった。

「いつぞや申した性悪の乱破でござる。相州の小太郎といい、少々忍びを心得ている」

「少々どころではない。われら残念ながら束になっても歯が立たぬ」

「それなら、いくらか腕が上ったのでござろうよ」

小太郎という乱破は、にやりと笑った。あの醜悪で奇怪な笑いであった。

「ところで、きょうはこの者からある知らせを聞いた。一つ、われらも動いてみよう」

と、新九郎は一同にいった。一同は身を乗り出した。

武士が京の争乱にも加わらず、野伏り、野盗にも堕《お》ちずに暮らすのは難しい。そろそろだれにも焦りの色が見えていた。

「いかが動くのか。そこもとにわれらの体をあずけてもよい」

と、兵庫がいった。

「それなら心を明そう。上方はいかぬ。人間が小さい。出世の見込みもまるでない。参るとしたら東国であろう」

「よかろう。われらもさよう考えていた」

一同、異議がなかった。じっさい、上方は依然、氏素性がうるさい。思うさま腕を伸ばせぬ恨みがある。ただ、やみくもに東国に下るのをはばかっていただけであった。

一行七人の士は海道を下った。乱破小太郎はすでにいずれかへ失せていた。

駿府に入ると、なにか空気がおかしかった。かれらの野性といってもいい勘によると、戦乱の不穏な匂いがただよっていた。

匂いばかりではなかった。武具をつけた武者共が、右往左往しているのが見えた。今にも、戦さがはじまろうという模様であった。

かれらは賤機《しずはた》山の浅間神社境内に入って、一と休みした。

「よいところに来合わせたようだ」

一同は、いい合った。新九郎だけが無言でいた。

突然、武者どもが十人あまり、駈け込んできた。

「うぬら、どこの手の者だ」

先頭に立ったやつが怒鳴った。返答によっては、打ちかかろうという勢いである。

そんな殺気には、すぐに受けて立つ用意がある。

「面白い」

一同はすらりと立った。けれども、新九郎だけは離れたところに坐り込んでいた。頭だった男をよく見極めている様子であった。

武具を着けた者と、着けない者が、互いに剣槍をひらめかして闘った。が、武具を着けない方が、遥かに強かった。武者共が何人もたたき伏せられて、その場に転がったり、坐り込んだりした。

その間に、新九郎は頭だった男の首根っ子を押えつけ、その耳になにやらささやいた。そいつは驚いたように眼玉をむき、早々に一隊をまとめて引上げていった。

「久しぶりで働いたぞ」

一同がちりを払っていると、またしても武者の一隊が現われた。今度はかなりの人数であった。が、その一隊が報復にきたのでないことは、すぐにわかった。むしろ、客人を迎えるような態度で並んだ。さっきの頭だった男が案内してきたようであった。

「どうしたことだ」

「行こう」

新九郎は不審がる一同にいった。

「お迎えだ」

一同が案内されたのは、城外の一寺であった。丁重すぎるほどの扱いであった。

「いったい何事だ。わけが知りたい」

一人が喰ってかかるようにいった。単に随身するのなら、どこにでもあったろうという気である。わけもわからずに優遇されることを好まぬ意地も窺えた。

「怪しいことではない。これは当駿府の守護今川義忠殿の側室、北川殿の招きでござる」

「北川殿と。そこもと、北川殿と存じ寄りでござったか」

「さよう。ご一同も、もしかしたらご存じかもしれぬ」

新九郎は、こともなげにいった。

北川殿は当時、義忠の寵愛随一だと聞いている。しかも、このたび男子を出生した。竜王丸という。正室に子はなかったから、事実上の後嗣である。

「ところで、義忠どのは過日、相果てた」

と新九郎は続けた。

「遠州地侍の一揆征伐の帰り、塩見坂で土民に討たれたそうな。よって、いま家督相続でもめている。義忠どののいとこ範満を立てる者、北川殿の子竜王丸を擁する者……。われらはこのような場面に来合わせたわけでござるよ」

そこへ城中から老女がやってきた。

「久しぶりでござる」

新九郎はその老女に会釈してから、一同にいった。

「以前、話した叔母でござるよ。いま北川殿についている」

「さようでござったか」

一同は納得げにうなずいた。ただし、まだすべてに気づいていなかった。北川殿という女性は、いつかの行き倒れの京の女であって、新九郎が秘かに叔母のもとへ送り届けてあったということを……

「力になっていただきたいとの仰せでございます」

叔母が北川殿の言葉を伝えた。

「もとより、その覚悟」

「なにせ、まだ若は稚《おさな》いので」

「それだけではござるまい。扇谷《おうぎがやつ》上杉氏が当家を狙《ねら》っている」

「よくご存知で」

「わしは、今川家の存亡などどうでもよい。そなた達、ことには北川殿のために力になりたいと存ずる」

「できましょうか」

「できましょう。ただし、わしの地位身分が必要かもしれぬ」

「心得ております」

叔母という老女と新九郎の会話を、一同は一種、夢心地のように聞いていた。

四

今川家内乱平定のためと称して、扇谷上杉氏では、太田道灌と、上杉正憲に兵を授けて遣わした。ことに太田道灌は東国の傑物といわれている。その智勇兼備の名将は、たぶん今川家中のもめごとをごく簡単に始末するだろう。

俄かに竜王丸づき家臣となった新九郎は、いったん北川殿と竜王丸を山西というところへ落とした。そして、城内で、もしかしたら一と揉みに潰しにかかるかもしれない上杉氏の使者を待っていた。

六人は不安げに、しかし肩肘怒らしてひかえていた。そんな中で、新九郎はぽつンぽつンと爪を切っている。そんな悠長な仕草は、すでに人に長たる貫禄ともいえた。近ごろいよいよ妖しい輝きを増してきた三白眼が、いっそ不可思議な畏《おそ》れを帯びていた。

ふいに、間《ま》の内に黒い影が落ちた。その長大な影は乱破小太郎であった。

「いかがした」

新九郎は爪を切る手を休めずに訊《き》いた。

「ここと、ここ……」

小太郎はその長い猿臂《えんぴ》を折り曲げるようにして、おのれの胸と脇腹あたりを指さした。

「なるほど」

新九郎はうなずき、小太郎は消えた。六人は、それを白昼夢のように眺めていた。

やがて、太田道灌らが到着した。使者だが、びっしりと従ってきた軍勢が取り巻いている。

「われら仲介のために参った。家を乱すは、公方さまへの逆心と見なす。返答によっては討つ」

道灌はまず、こう威丈高にいった。城内の士は畏れてだれも頭を上げ得なかった。

ただ一人、ゆっくりと面を上げた者があった。妖しい眼光を持つ新九郎である。

「ことさら公儀に異心あるわけではござらぬ。内紛は当家中の私闘でござれば、管領家の手をわずらわすまでもなく、当方で収めます。それに、当今川家には忠節の士がござって、たやすくは討たれませぬ。いかに軍勢多くとも、身辺に迫って刺し申すぐらい、いと軽いことでござる」

「なに」

道灌の顔色が変った。すかさず、新九郎は膝行していって、

「ご貴殿の胸と脇腹、浅いが疵《きず》がござるはず」

と、ささやいた。

道灌はしばらく、新九郎を見つめていた。この眼前の男がただものではないと見抜くのは、容易であった。

「なるほど。そこもとが内紛を収め得ると申すのだな」

「もとより」

と新九郎は座へ戻っていった。

「家督は当然、幼いながら竜王丸さま。対立起らば、手前の手で始末いたしましょう。万一あれば、そのおりこそ、改めてご助力をお願い申す」

道灌ら使者の顔を立てることも忘れない。

「よろしかろう」

道灌は何度もうなずいた。そして何事もなく、軍勢を率いて関東に去っていった。このとき道灌は四十五歳。新九郎と同年であった。

家中の騒ぎを収めた新九郎は、富士郡下方庄十二郷を与えられ、ついで伊豆の国境い近

くの興国寺城主となった。いつのまにか、竜王丸改め今川氏親の身内に連なる実力者ということになっていた。

戦さが何度もあった。そのたびに、新九郎は荒木兵庫以下、六人の盟友とともに闘った。手勢は七つに分けられ、それぞれが一隊を率いた。つまり、まだ同格の立場を持していたということになる。

「年来の約束でござる。われらを家来とお呼びあれ。われら既に従者のつもりでござればば」

ある年の秋、荒木兵庫がいい出した。他の者も同座してひかえていた。

「まだ悪しゅうござる。なるほど、興国寺城の城持ちではあるが、まだ、ただの伊勢新九郎でござる。ご一同と変り申さぬ」

と、新九郎は応えた。さらになにかを望んでやまない眼眸であった。すでに六十だが、充分それを期待させる輝きであった。

「さらにいま一つ」

と兵庫がいった。

「いまなお独り身とは、いささか厳しゅうござるな。伽女でも側にお召しあれ」

「みだりに精気は費やしとうはござらぬ」

と新九郎はいい、少し考えてから、

「北川殿ほどの女子なら、あるいは抱き申そうが」

と、笑いもせず、下手な戯れ言をいった。じっさい、ときおり駿府で垣間見る北川殿は、ろうたけて美しかった。

「北川殿は高嶺の花というべきもの」

と、一同は笑った。高嶺の花どころか、一度はなぐさもうとした女であったのに……

庭面に連なる山肌に紅葉した草木が鮮やかであった。ふいにその紅葉が乱れたと思ったら、小太郎がのそりと現われた。

六人は、いちようにうなずき合った。これまでの経験によれば、この男が姿を現わすとき、必ずや何事か起きる前兆と考えてよかった。むしろ興味があった。

その小太郎がぶっきらぼうにいった。

「伊豆韮山《にらやま》の城主が死んだ」

「そうか」

新九郎はなにげなくうなずいた。

韮山の城主は北条高時の末で、ほそぼそと今川家に属して続いていた。当主が死ぬと、後室と娘だけが残る。

「名家を絶やすまいと、入聟を探している」

「それなら急げ」

「心得た」

小太郎はいったん消え、すぐに舞い戻って、

「今度こそ、おまえさんを笑わしてやる」

捨てぜりふして去った。

「いったいなんのことでござるな」

六人の者、すべての疑問であった。

「入聟の話でござるよ」

「恰好《かっこう》の者がござるのだな」

「さよう」

新九郎は大きくうなずいていった。

「じつは、わしだ」

一同はあっけにとられて、顔を見合せた。

「おかしゅうござるか」

こういって、新九郎は一同を睨んだ。

五

北条家の家臣が今川家を通じて、新九郎を聟に迎えたいと申込んできた。その重臣の従者のなかに、ひときわ長大な男が取り澄まして混っていた。重臣は、そいつの薬籠中のもののように見受けられた。もとより異議はなかった。

やがて、六十の老人と北条家のうら若い姫との婚儀が行われた。その白髪頭の花聟は、もはや伊勢新九郎ではなく、北条新九郎であった。

武家として、北条の姓は大きい。天下取りの野望のために、源平交迭《こうてつ》の考えを抱いたわけではないが、立派な氏素姓を得たことになる。それに、北条というかつての平氏の名門は、まんざら伊勢平氏を名乗る新九郎にとって無縁ではないように思われた。

要するに、新九郎は韮山という城も欲しかったが、それ以上に氏姓が欲しかった。それゆえ、花嫁という女体は、二の次におかれても仕方なかった。

婚儀の夜、新九郎は花嫁をともなって湯殿に入った。だれも怪しまなかった。祖父と孫娘のようなものであった。

ひばで造られた風呂桶のかんばしい香りが、風呂敷を通して匂った。女の若い体が、その中で濡れていた。

けれども、この祖父は孫娘を扱うにしては、いくぶん手荒であった。女の濡れた体を、ごしごし拭《ぬぐ》ってやると、三白眼を据えて眺めた。なにか土偶の裏表でもあらためるかのように、仔細に眺め廻した。女はまた、自身土偶になり切ったように、新九郎の手の内でじっとしていた。

新九郎はその女体に不満のようであった。僅かに、女の下腹のあたりを、皺の寄った掌でほとほととたたき、

「いずれ、ここに北条が宿る」

と、いったにすぎなかった。

新九郎はすぐに興国寺城に戻った。あくまでも、居城は興国寺城に置くつもりである。嫁はしかし、韮山にとどまった。

春になって、新九郎はようやく韮山へ出向きはじめた。そのとき、多くの金銭を用意して行く。それを韮山の近辺へばら撒《ま》くのが仕事のようであった。嫁に会うのは、ほんのつけたしのように思われた。

ただし、常に嫁は連れ立っていた。嫁は輿《こし》にも乗らず、新九郎とともに山道を歩き廻る。その姿はやはり、孫娘を連れた老人のそぞろ歩きに似ていた。

二人は見晴しのよい峠で休息をとる。目立ないように従っている二、三の家来達は、心得ていて、さらに距《へだ》って警固に散る。そこで新九郎は悠々と若い嫁を抱くのである。

「なぜ……」

若い嫁は笹の葉の上で、あえぎながら訊ねたことがある。新九郎は営みの手をゆるめることなく答えた。

「そなたに立派な北条の子供を作ってもらわねばならぬ。そのためには、自然の恵みをじかに受ける山肌の上の交わりでなければならぬ。それに、よく歩いた女の体というものは、うまく練れている」

そこからは海が見えたし、富士が望まれた。天地開豁《かいかつ》、だれもさえぎるものはなかった。

そして、六十の新九郎の体は、あまりに勁《つよ》すぎた。

嫁はまもなくみごもった。まるで計ったようにして、男の子が生まれた。生まれると、新九郎はふっつりと女体を抱かなくなった。

「精気を貯えねばならぬ」

と、六十の老人はなお凜としていった。

新九郎が伊豆のあちこちに撒いた金銭は、徐々に効果を顕わしてきた。小豪族連中がぽつりぽつりやってきて、なんとなく家来になった。

増えた家来達は、やはり七つに分けられ、六人の同志たちと共に平等に率いることにした。それは、なお満足すべき身分にはなっていず、さらに大きな野望を秘める証拠といえた。

子供が四つになったとき、新九郎は突然、隠居した。

「弓矢を捨てて、静かに余生を送りたい。体も弱ってきたようだ」

といい、剃髪して〝早雲庵宗瑞〟と号した。体は少しも弱っていなかった。剃髪した頭は不恰好であるばかりか、いっそ精悍さを加えていた。

子供は氏綱と名乗り、六名の者達の助けによって一家の当主となった。ずっと平等の立場をとってきたのは、このような立場を深慮しての計らいかもしれなかった。つまり、おのれを含めて、七人の同志が力を合せて幼主を盛り立てようという意味合いである。

もとより、新九郎改め早雲は、まったく隠退したのではなかった。弘法大師の遺跡を訪ねると称して、興国寺城を出、伊豆一帯を歩き廻った。一人であった。

湯治場から湯治場を廻り、近郷の山賤《やまがつ》や猟師や百姓を呼び集め、酒を飲まし、銭を与えなどして世間話に耳を傾けた。さすがに、これらの人間に対するとき、多少の愛想が必要であると気づいていた。けれども、硬直した頬はいっこうに笑みを浮かべてはくれなかった。それゆえ、早雲はせめてその鋭い三白眼を閉じることにした。湯壺から不恰好な頭を出して、じっとしている姿は、奇妙な滑稽さがあった。
だれも、そんな隠居爺の行動を注意しなくなった。ただ、湯治場を廻る銭持ちの爺がいるという噂《うわさ》が拡まった。

初夏の朝、天城山を越えていると、木蔭からむらむらと数人の曲者が出た。噂を聞いてつけていた物盗りどもである。

「銭が欲しいのか」

早雲はゆるゆると懐中に手を差し入れた。が、その手がまだ懐中にあるうちに、もう一方の手で杖を揮《ふる》った。

「わあ」

前面の男の顔が割れた。突然のことで、残りの者が驚きあわてているところを、早雲は容赦なく杖を打ち振った。その一と振りごとに、いささかの誤りなく急所を打っていた。曲者どもは這《は》うようにして逃げ去った。

早雲は息を荒らげず、ささらになった杖を突いて立っていた。ふいに、横合いから低い笑いとともに、長大な影が出た。小太郎である。

「まだまだ、元気があるな」

小太郎はまことと感心したようにいった。いまでは相州乱破、風魔党の頭として名があるが、目立って老け込んでいた。醜悪な相貌が、なにかいたずらっぽい羅漢像のようで、かえって愛嬌があった。

「見ていたのか」

と、早雲は吐き出すようにいった。この隠居の方がよほど怖ろしかった。

「そうとも。銭を呉れてやって、追っ払うとばかり思っていた」

「わしもそう考えた。が、急にわしの余力を試したくなった」

「いっこう衰えておらん」

と小太郎は笑いながらいった。

「おれは安心した」

「おまえに案じられる必要はない」

「そうではない。おれはおまえさんが隠居したのは、北川殿が亡くなったからではないかと思っていたのだ。このまま、本当に隠居になり下るのではないか、と」

早雲はぎょろりと三白眼をむいた。けれども、それに対して何もいおうとしなかった。

「とにかく、その元気を発揮すべきときがきたようだ」

「堀越のことか」

「そうだ」

小太郎がすり寄ってきた。

六

堀越は関東公方の一つである。当時、関東公方は古河と堀越の二箇処に在り、うち堀越では内紛が起っていた。当主茶々丸は、兄弟を斬り、老臣を討ち、公方の地位を奪った男とされている。いま、はっきりと二派に分れ、険悪な状態になっているという。

ときに、かねて不和の仲である管領の両上杉家（扇谷・山内）の間で戦いが起った。堀越御所にいた武士達も、上州へくり出したという。伊豆一帯は空《から》に近いというのだ。

早雲は急いで興国寺城に帰った。六人の者達を招き、

「いかがであろう」

慎重に相談をもちかけると、

「天の与えるところでござる」

一同は勇んで答えた。

近辺の大名衆や豪族にしても、この堀越の騒動を知らぬわけではない。一と押しすれば、潰せると思わぬでもなかっただろう。けれども、いやしくも京の幕府に連なる公方であっ

た。じっと見守っているところである。

そこへいくと、牢人上りの早雲は、だれにも遠慮は要らなかった。兵を集めてみると、二百人余りあった。

「少し足りないようだ」

と、早雲は急ぎ駿府に使いを出した。今川氏親は三百人の兵を寄越した。氏親自身、早雲の力によって当主になれた人物である。それに、母親北川殿と不思議な関わりがあるらしい。有無なく貸してくれたのである。

合計五百の軍勢は、清水から十艘の船に分乗して、一気に駿河湾を押し渡った。四方から上陸すると、北上して堀越御所を襲った。

御所は大混乱に陥った。ほとんど抵抗なく、御所方は四散し、茶々丸は三浦半島の三浦一族のもとへ、命からがら逃げ落ちた。

早雲はすぐに宣撫にかかった。ことさら改まった工作は要らなかった。なぜなら、あの銭放れのよい隠居というだけで、住民は安堵して集まってきたからである。

伊豆は、何事もなかったように収まった。すると、上州へ出陣していた御所方の連中も、早雲のよい評判を聞きつけ、争って馳せ戻り、帰服した。

こうして伊豆はことごとく早雲の手に帰した。早雲はしかし、野望を遂げるのはいよいよこれからだというふうに考えたようであった。それで鎌倉台の北条氏の城跡を修復して、ここを居城とした。これはとりもなおさず、名実ともに北条氏であることを、天下に示すものであった。

居城ができ上った日、早雲は久しぶりにおのが嫁を抱いた。この嫁あっての北条氏である。

うら若かった女体は熟れており、衰えを知らぬ早雲のおとこを充分に受け入れた。充ち足りた気分の早雲は、ふとまどろんだ。

ほんのいっときの間に、早雲は不思議な夢を見た。二本の杉の巨木を、小さな一匹のねずみが齧《かじ》っている夢であった。やがて、二本の杉の木がすっかり齧り倒されると、早雲は眼を覚ました。

「いかがなされました」

嫁が傍にひかえていて訊ねた。唸っていたのかもしれない。

「なんでもない」

と、早雲はいった。夢は五臓の疲れであって、武士として、また男として恥ずべきものであった。

「ところで」

と嫁は遠慮がちにいった。

「あなたさまが、両上杉家の不和に乗じて攻め滅ぼすという噂がしきりでございます」

「なるほど」

と、早雲は膝を打った。かれは子《ね》年の生れであった。夢のねずみは早雲であって、二本の杉は両上杉のことであろうか。

じじつ、両上杉家は依然、争いをつづけている。忍耐強く機会を待てば、夢は正夢になるかもしれない。そのためには、箱根を越えて勢力を張っておかねばならなかった。

早雲は小田原の大森氏頼を狙った。大森家は扇谷上杉家の被官である。そこへ、早雲は手厚い贈物を送った。ことあるごとに使者を送り、懇親の情を顕わした。

けれども、大森氏頼は乗らなかった。妙な真似をする男は用心するにこしたことはない。箱根の守りはいよいよ固くなった。

早雲は、あの三白眼で箱根の山を睨んだ。表情が険しくなっていた。おのれではさほどに思わないが、焦りというものかもしれなかった。

「そんなときこそ笑うもんだ」

と、小太郎が現われていった。

「笑うことはなにもない」

「いや、笑えば心がほぐれる」

「こうか」

と、早雲は小太郎の前に顔を突き出した。単に三白眼が燃えていた。小太郎は眺めて、一つ、二つうなずいた。早雲の闘志をたしかめたようであった。

「ここいらで三浦の公方を攻めてはどうだ」

と、小太郎はいった。三浦一族へ逃げ込んだ前の公方茶々丸のことである。

「三浦を討てばどうなる」

「獲物が飛び出してくるだろう」

「なるほど」

早雲はうなずいた。

もともと三浦一族の当主時高には子がなかった。上杉義同という者を養子に定めたところ、実子が生れた。よくあることで、義同をうとんじはじめた。ついには殺そうとまでした。義同は三浦家を出たが、恨みは深い。この義同の母の実家が大森家にほかならなかった。要するに、三浦追放によって義同を動かし、義同によって、大森家を動かそうというわけである。

早雲はまず、誇大に三浦にいる茶々丸追討を触れた。果して、義同は早雲の軍に加わりたいと申し出てきた。大森家の方からも今度は辞を低くして早雲に頼み込み、義同のために同勢を出してきた。

三浦時高は敗れ、茶々丸もろとも死んだ。早雲にとっての成果は、小田原の大森氏との和親にあった。おりもおり、当主氏頼は病死し、藤頼が立った。早雲はすかさず、藤頼と和親を結んだ。若い藤頼はころりと騙《だま》された。韮山と小田原は互いに助け合うという攻守同盟のようなものまで結んだ。

秋の一日、早雲は小田原に使者を出した。

「近ごろ山狩りをいたしたところ、獲物が箱根の山中に逃れ入り、とんと獲り分が少のうござった。勢子《せこ》をもって、伊豆へ追い出したいが、お許しくだされるか」

という意味の口上であった。

「念の入ったことでござる。ご存分に」

藤頼はこう答えた。

さっそく、勢子どもが集められた。もとより、数百人の勢子は手練《てだ》れの選ばれた者どもである。これらが、熱海の日金山からおいおいに箱根山に入った。

日が暮れると、数百頭の牛の角に炬火《たいまつ》を結びつけて山中に放ち、同時に小田原の海辺の方から法螺《ほら》貝を吹き、鯨波《とき》をつくって、いちどきに攻めかかった。小田原ではあわてふためいた。見上げれば、山中におびただしい炬火がゆらめいていた。夜空をこがさんばかりである。大軍が攻め寄せた勢いであった。

早雲自ら、一隊を率いて進んできていた。混乱のさまを見届けると、

「それ」

六十余の老体が先頭になって打ち入った。城兵は戦わずに逃げ出した。藤頼もやっとの思いで落ちていった。

小田原は北条早雲のものになった。直ちに二つのことを行った。一つは扇谷上杉家の被官にしてくれるよう頼み込むことであった。大森家を討ち滅ぼした怒りをなだめるためである。

いま一つは民心の安定であった。急激な変革を喜ばない庶民の心を、早雲は知っていた。領分の定めは旧のままとし、田租は従来の五分の一も減らした。

老巧であった。しかもなお、そのご十七年も生きつづけた。もはや、兵を出して領分を増やす必要はなかった。ただ、あの三白眼をきらめかして、四囲を睨んでいるだけでよかった。

年八十六、死ぬ一年前の春である。まったく隠居にすぎない早雲は、これも世捨人の老人小太郎を連れて梅林へ花見に出かけた。

帰途、一人の馬盗人が捕まって、折檻《せっかん》されているところに行き会った。馬盗人は悲しげな表情をしていた。北条家では、なるべくゆるやかな民政を布いたが、火付盗賊に対しては峻烈《しゅんれつ》であった。

馬盗人はふと早雲の姿に気づいた。そして、大声で叫び出した。

「おらはなるほど、馬を盗んだ。しかし、そこなご隠居は国を盗んだ……」

突如、早雲の手に持つ梅の枝が、激しく揺れはじめた。小太郎は見た。早雲が顔をくしゃくしゃにして笑い出しているのを。

下手くそな笑いであった。けれども、体ぜんたいが揺れていた。揺れるたび、梅の花びらが風に散るのを、小太郎はあかず眺めていた。

一眼月の如し——名参謀・山本勘介の誤算

一

府中躑躅《つつじ》ヶ崎館のあちらこちらに、つつじの花が真紅に燃え立ちはじめた。武田信玄はしかし、真紅の花をまったくみようともせず、

〈山〉

に籠っていた。

〝山〟とは、館の一角に設けた信玄専用の閑所《かんじょ》のことである。京間六畳敷で、風呂屋、厠《かわや》をひろびろととり、床下に樋《とい》を通し、不浄を流すようになっている。

その閑所を〝山〟とよぶのは、

〈山には草木（臭き）が絶えぬ〉

ということからだった。諸事、厳粛でおもおもしい躑躅ヶ崎館にあっては、まれといってもいいしゃれである。

〝山〟には、朝・昼・晩の三度、香炉に沈香《じんこう》が焚《た》かれる。信玄はそこで、他国からの手紙

や国郡から上がってくる陳情書、あるいは家臣の報告書などの書類に眼を通したり、ごく限られた目付の者と会って、秘報を聞いたり、香を嗅《か》ぎながら、独り静かに思いにふけったりするのである。

身の回りの世話を、選ばれた小姓が交替であたる。書類を整理する必要から、内外の事情に通暁していなければならず、しかし、なにも知らない人間になり切らねばならない。秘報を聞いても、木石の如くである。

要するに、利口で、信頼できる若者でなくてはならないが、武藤喜兵衛はそのうえ、容姿がよかった。

かれは信州先方衆、真田幸隆の三男である。十一歳のとき、人質として甲府にきたが、信玄に気に入られ、武藤氏を名乗り、側近く仕えるようになった。のちの真田昌幸である。

「ご一同さまには」

喜兵衛は、眼をつむり、黙考している信玄に声をかけた。

「お揃《そろ》いになられました」

このさい、一同というのは、

〈軍法ノ御挨拶人〉

とよばれる側臣たちである。馬場美濃守信春、山県三郎兵衛昌景、内藤修理亮昌豊、春日弾正忠昌信ら、主として信玄が取り立て、登用した者たちで、出陣にあたり、作戦を合議する。

それに、いま一人、山本勘介が加わる。

信玄は瞑目《めいもく》したままでいた。喜兵衛はさらに、

「ただし、弾正さまは信州にご在城であります」

といった。が、これはいわずもがなのことだった。

春日弾正は、ときに信州海津城に、二千の兵員とともに籠っている。そこは、前面に千曲川を臨み、背後は山に囲まれた要害であるうえ、川中島一帯を見渡すことができる。

八年前の天文二十二年（一五五三）、山本勘介が見立てて築城したもので、昨今さらに塁を盛り、濠を深く掘り、恒久的城砦となった。北辺に突出したそこは、信州を押え、上州に備えるためだったが、いまでは越後上杉勢に対するための一大拠点である。

そこを守る主将は、おいそれと離れるわけにはいかないのである。

信玄はぎょろりと眼を見開いて、睨《にら》んだ。

〈わかっていることはいうな〉

というくらいの意味だろうが、近ごろ信玄の表情は険しい。

元来、けっして優しい顔とはいえない。かりそめにもゆるんだふうは見せないのに、眼

がきつくなると、いよいよ小凄い。

が、わけはわかっている。

この春、関東出陣中の上杉景虎が、鎌倉八幡宮社前において、関東管領就任の報告祭を挙行した。景虎は管領上杉憲政の偏諱《へんき》をもらって養子となり、藤原鎌足以来の系図、重代の太刀、錦の御旗を譲り受けていたのだが、ここに晴れて、新関東管領として、

〈上杉政虎〉

が誕生したわけである。

その日、空晴れ、麾下《きか》の越後勢はもとより、つどい集まる関東の将士は、綺羅《きら》星の如く、みな渇仰《かつごう》の首《こうべ》を傾け、端然として千秋万歳を祝賀したという。

だいたい、関東管領の名は、実質を失ってから久しい。が、大きな肩書きであることは変りなく、その肩書きを、実力者上杉政虎が名乗るのである。

名目上であれ、関東の諸大名は、みなその管轄下に入る。甲斐および信濃の守護職である武田家もそうである。政虎はまた、その名目を律儀にふりかざし、関東平定を推しすめてくる男なのだった。

早くも、政虎の武風になびく者が相ついでいる。武蔵の三田綱秀、大石定久、藤田重利らが従属を表明し、連動して、信玄の勢力下にも影響が及んだ。いったん帰属した信州の

豪族、仁科・海野・高坂氏らの離反である。

深刻な事態になっている。険しい表情は無理もないのである。

信玄はしかし、

「では、行ってみるか」

とつぶやいて、立ち上がった。軍法挨拶人の召集は、とりもなおさず出陣につながることだが、ひとごとのようなせりふだった。

外見は悠揚として、やはり〝甲州の虎〟がふさわしい。

聞くところによると、上杉政虎も居城春日山城にあるあいだは、常に山頂に営んだ毘沙門堂に籠るのだという。ただし、人を遠ざけ、律僧のような暮らしらしい。

軍議もその堂前で行われるが、軍議は名ばかりで、諸将にはとんどものをいわせない。

突然、

「軍神の啓示を受けたり」

と称し、護摩を焚き、軍令をいい渡すや、青竹の采《さい》を振って、雷霆《らいてい》の発するように出撃するのが常である。

厳しく、烈しい。政虎はたぶん、堂に籠っているうち、自らが毘沙門天に化身するのだろう。

信玄の〝山籠り〟は、想を練るためであり、ある結論をもちながらも、軍議を開き、じっくりと諸将の意見を聞く。

軍法挨拶人のそれぞれの発言は、ほぼ持分が決まっている。ある者は戦いの方法を進言し、ある者は出陣の時期をいう。またある者は出陣の方角、順序について述べる。信玄はそれらを勘案し、断を下す。そういった合議制である。

政虎とはまったく対照的である。それでいて、両者はともに日本最強を誇る。どちらがいいかはわからない。が、そうやって武田家は戦ってきた。

〈その軍議がはじまる〉

と、喜兵衛は心躍らせ、信玄に従って〝山〟を出た。

二

館の広間に、歴々が揃っていた。山本勘介だけが、一同からちょっと離れ、片脚を投げ出し、ほとんど二つ折れになるほど、屈んで座っていたが、

「お屋形さまがお見えでございます」

と知らせる喜兵衛を、下からねめ上げるようにして、見た。隻眼が怖ろしく光った。

喜兵衛が武田家へくるとき、父親の真田幸隆は、

「甲州へ行ったなら、信玄公の振舞いを見よ。諸将の言葉を聞け」

といった。武田家の士風を学べ、ということだったが、とくに、

「山本勘介どのの軍配を、しかと見よ」

と、いい聞かせた。

勘介の廻国修行は広く、長期にわたっているが、武田家に仕官するまえ、関東一帯を遊歴し、当時、信州岩尾の城代だった幸隆を訪ね、大いに意気投合したという。その後、幸隆が信玄の先代、信虎に追われ、上州箕輪の長野業政のもとに身を寄せていたのを、武田家に随身させたのも勘介である。

「その仁の一眼は、万眼にまさる」

ともいった。

人質としてやってきた少年喜兵衛が見たのはしかし、隻眼、跛足《はそく》、色黒のただの小男にすぎなかった。幸隆の子だとわかっているだろうに、とくに言葉をかけるわけでもない。

その後、ときおり見かける勘介は、不自由な足を大儀そうに引きずり、難渋げな顔を据《す》えているばかりで、とりつくしまもなかった。耳にするのは、もはや伝説ともなった勘介の不思議な奇功譚だけである。

信州の名族小笠原氏を、塩尻峠で破ったとき、武田勢はゆるゆると進軍し、前夜、峠の麓の上原城に入った。峠の上に布陣する敵は、これまでの動きから見て、ゆっくり宿営するものと思っていたし、じじつ、宿営の布令が出されていた。

が、勘介の進言により、武田勢は休みもせず、そのまま峠を登って攻め込んだ。峠の上という優位に、安心もあったのだろうか、小笠原勢の多くは、満足に武具も着けない有様で、大敗した。

また、村上義清は難敵で、不敗を誇る武田勢が、しばしば翻弄された。村上方は小県郡の堅城戸石城に入り、武田勢迎撃の拠点とした。

武田勢が城際へ布陣していたところ、突如、攻撃をかけてきた。北信諸豪の援兵を加えているので、なかなか優勢である。たちまち、武田勢は苦戦に陥り、信玄自身、太刀を執《と》り、最後の血戦を挑むより仕方がないと覚悟していたとき、勘介が駆けつけてきて、

「敵勢を南へ向けますなら、勝ちます」

といった。

信玄はじめ、諸将はいぶかしんだ。

〈味方さえ下知につかぬところに、敵の備えを味方の仕様にて、南へ向くべきこと、いままで聞きたるためしなし〉

というわけだった。

勘介はしかし、僅か五十騎を率い、横手に大げさな陣立てをした。敵はこれを見て、軍勢をまとめて、南に向けた。

おりから、秋陽がさんさんと差していて、敵方は眩《まぶ》しさに冑の目庇《まびさし》を傾けた。そこを武田勢が攻めかけ、揉みあげ、またたくまに形勢を逆転させた。そこで人は、

〈勘介の武略、摩利支天の如し〉

とたたえた。

もっとも、それで戸石城が陥《お》ちたわけではない。陥ちたのはその翌年のことで、それも一兵も疵《きず》つけずに占拠した。

それは勘介と真田幸隆の合作だった。村上義清の強力な同盟者である高梨政頼はじめ、清野、寺尾といった村上諸豪を、一つずつ切り崩して行った。そのさい、かれらに贈り続けたのが〝甲州金〟である。

黄金の魔力は存外な効果を見せ、ある日、真田勢が戸石城に迫ると、難なく、開門したのである。村上義清は本城葛尾城にあって、狐につままれた思いでその知らせを聞き、

〈武田勢には勝ったが、勘介にやられた〉

と述懐しきりだったという……

軍略ばかりではない。〝甲州法度《はっと》〟を定めるについて、信玄はずいぶん、勘介の見解を聞いている。

「軍法というものは、平生、法度を立てておき、それに従うのが癖のようにしておかないと、軍兵のあつかいができないものである」

というのが、勘介の持論だった。そして、法度のもとは、〝慈悲〟にあるとして、

「よい法度は、国持大名自らの慈悲の心から起こらなければならない。そのわけは、よい法度によって、諸人の行儀作法がよくなる。行儀がよくなれば、実がこもる。作法がよくなれば、すべての理非善悪をわきまえ、よく納得することができる。納得すれば、義理がわかる。義理がわかれば、主君のためを思うことになる。諸人がそのようになれば、しょせん、争いも起こらず、国が治まり、諸人が安心する。さてこそ、法度は慈悲より発するのである」

といった。げんに実施されている、

〈甲府法度五十五カ条〉

は、このようにして出来たものだと、喜兵衛は聞いている。

信玄はよほど、勘介を信頼しているらしい。とくに評したことはないが、一言、

「万人の眼は星の如し。勘介の一眼は月の如し」

といったことがある。
それは、幸隆の、
〈勘介の一眼、万眼にまさる〉
と同意だろう。
その月の如き隻眼が、光って喜兵衛を見つめている。やがて、この人物の口から直接、軍略の一語を聞くことができる。それはたぶん、
〈神のような言葉〉
に違いあるまい……

三

軍議はしかし、勘介の無造作な発言からはじまった。

「越後の政虎どのが、関東管領になられた」

こう、ぽつりといった。なにか、消し炭でもこすり合わすような声音だった。

「そうだ」

信玄が答えた。

「しかし、関東の諸大名は、なにも関東管領に従ってばかりはおりませぬ」

「そのようだ」

「当家は信濃の守護もかねております」

「そうだ」

「管領の下知に従うより、信濃を平定するのが先決であります」

「そうしよう」

と、信玄がうなずいた。

妙なやりとりだったが、要するに、上杉政虎に対抗すべきであるということを、改めてこの席上で表明したようなものである。

一種の掛け合いのようである。まえもって示し合わせてあったことではあるまい。が、一言しゃべれば、互いに本意が了解できるものと見える。

これを、

〈相手の腹中に入る〉

というが、なにげない会話のうちに、そのじっさいを見たと思った。そして、勘介はそれきり、隻眼をつむり、口を閉じた。

あとは至極、簡単に合議が進んだ。要するに、離反した仁科・海野・高坂の三氏を討伐することだった。

そのため、信玄自ら大軍を率いて、海津城に入る。信州諸豪を召集して、武田家の武威を示す。そのうえで、三氏を討つ。

さらに進んで、上水内郡の割ヶ岳城を攻める。割ヶ岳城は、野尻湖畔にあり、ほとんど越後の国境である。そこには、さきに信玄に追われ、越後に頼っていた村上義清の旧臣、本庄越前守が守備している。そんなところまで進撃するのである。

それは、いま上州厩橋《うまやばし》を本拠に、上州を経略中の上杉政虎を刺激せずにはおくまい。刺激というより、国境近くに迫られるのは、脅威ともなるだろう。

これは内藤修理亮の進言である。かれは平生、慎重なたちだが、ときに思い切ったことをいう。割ヶ岳城の防備の状況も調べずみなのだろう。

信玄自身、さらに慎重である。これまで、政虎との対戦では、消極的とも思われる進退に終始した。むろん、怖れたわけではない。政虎は戦場における戦闘を戦争と見、速戦即決、疾風《はやて》をまくように決戦を挑み、戦場での勝利を得ようとする。

対して信玄は、平生の治政・外交・謀略・経済そのものを戦いであると思っている。じじつ、駿河今川、相模北条氏らと三国同盟を結んで後顧の憂いを絶ち、越中の神保、会津の芦名氏らを誘って、越後の背後をおびやかした。

さらに、政虎の部将、毛利高広といった連中にまで手を廻し、謀反《むほん》をそそのかしている。そうでなくても、石山本願寺を通じ、越中、加賀の一向一揆を動かして、後方を攪乱するのは、常のことである。本願寺はその室が信玄の室と姉妹だった。

こんどの割ヶ岳城攻撃はしかし、明らかな挑戦である。

信玄としては珍しい。政虎をおびき出し、無二の一戦をする覚悟である。

その進路、員数、手筈が、ほぼ決められたあと、信玄は、それまで黙り込んで、みなの意見に耳を傾けていた勘介に向かっていった。

「なにか意見はないか」

「されば」

勘介は投げ出した足を、ぼりぼり掻きながらいった。

「湯屋の造営、普請《ふしん》をお命じ下さるよう。たとえば、河浦《かわうら》あたりがよろしゅうござる」

河浦の湯は、刀創によく効く。近々、合戦があり、数多い負傷者の出ることを、予想したものである。

それはむろん、このたびの出撃に対するものではない。それによって出てくるであろう上杉政虎との合戦を想定している。信玄がかつて見せたことのない強い覚悟なら、たぶん大合戦になることだろう。

「わかった」

信玄はうなずいた。このことはやがて、武田家の菩提寺、恵林寺を通じ、下知されることになった。

軍議はそれで終わった。その間、勘介の発言したことといえば、関東管領に従わないという決意を誘い出し、河浦の湯屋普請を進言しただけである。

が、たったそれだけのことが、いかにおもおもしかったことか……

信玄がすいと立った。慌てて従おうとする喜兵衛に、信玄は、

「勘介を送って行くように」

といった。

勘介は難渋な顔を据え、まったく傍の喜兵衛を無視し、足を引きずりながら城門に向かったが、ふと、

「もう毛が生え揃うたか」

と声をかけた。

「はい、いえ」

喜兵衛はちょっとどぎまぎした。かれは十五になる。すっかり生え揃ったのかどうか、しかとわからない。

「わしゃ、十過《とお》ぎには、もう生え揃うた。どうでもいいことだが」

と、勘介は笑いもせずにいった。

「わしの父御《ててご》というのは、厳しい人でな、朝といい、夜中といい、油断があれば打ちつけてくる。この足も、床下へ突き落とされたときの疵がもとだ。夜中も満足に寝ておれなんだ。油断なきよう、四六時ちゅう、神経を使った。すると、毛が生えてきた。ぬくぬくと育つやつは、毛の生えるのが遅いもんだ」

そんな理屈があるかどうか、わからない。が、勘介がいうと、いかにもその通りに思えてくる。といって、喜兵衛は自身、ぬくぬく、安閑として暮らしているとは思っていない。

「そなた、本を読むか」

勘介がまた、訊《たず》ねた。

「はい、いえ」

これまた、喜兵衛はまごついた。本とはどのようなものを指すのか、また、どれくらい読めば、読んだといえるのか、とっさにわからなかったからである。

「わしゃ、信玄公から問われたことがある。そのほう、本の四、五冊も読みたるか、と。わしゃ答えた。勘介、一冊も読み申さず、と」

「まことですか。すると、伝え聞く智謀の数々は、どこから発するのでしょう」

「智謀など、もち合わせはない。が、四肢五体に覚えさせた苦労というものがある。その証《あかし》に、六十余箇所の疵がある。なにも自慢にならぬが、そいつがちくちく痛んで、なにかを教えてくれるのだ」

「そうでありますか。して、そのときお上はどう申されましたか」

「なにも申されぬ。本を読めとも、読むなとも、いっさい申されぬ。だから、わしもそなたに、なにもいわぬ」

妙な会話が終わった。城門には、かれの生国三河牛窪の衆が、輿《こし》を置いて待っていた。そのまま、輿に乗って城を退ったが、ふり返ろうともしない小さな髷《まげ》が、白茶けて少し揺れていた。

四

離反者、仁科・海野・高坂の諸豪は、またたくまに討ちとられた。かれらは、真田幸隆と同じく、武田方の信州先方衆だったので、信玄は他の信州諸将の動揺を防ぐため、家臣のそれぞれにその名跡《みょうせき》を嗣《つ》がせた。

うち、高坂氏の名跡を嗣いだのが海津城にいる春日弾正である。その春日改め高坂弾正から、火急の告《し》らせがきたのは、八月十五日のことだった。

火急の報告は、まず狼煙《のろし》でつなぐ。海津城背後の狼煙山に合図の煙があがると、葛尾山―腰越山―長久保―和田峠―若神子というふうに受けつがれ、一刻余りで甲府に達する。

詳細は早馬である。信玄は俗に〝棒道〟と称する軍用道路を、何本も作っているが、騎馬武者が二騎、三騎と、その道を疾駆して、躑躅ヶ崎館に飛び込んでくる。

十六日の早朝には、最初の使者が着き、早くも信玄は、上杉勢の動静と兵力を知っていた。

むろん、信玄にとってはなんら驚くべきことではなかった。さきに、割ヶ岳城を攻略し、本庄越前守を追い落とすと、政虎は黙然として、既橋から春日山城へ戻っている。政虎との有無の一戦に、胸中は燃えたぎっていたに違いないのである。

が、一つ、気に入らないことがあった。

詳報によると、政虎率いる上杉勢は、総勢一万三千。〝毘〟の大牙旗《だいがき》、重代の〝大竜《まとい》〟〝小虎《まとい》〟に紺地に日の丸の〝日の御旗〟をかかげ、おりから錦秋の上越路を南下したのが八月十四日。

善光寺を兵站《へいたん》基地として、大荷駄隊を中心とする五千をとどめ、政虎は八千の兵を率い、まっすぐ小市の渡しから犀川を押し渡り、川中島へ入った。

これまで三度、信玄は政虎と戦っている。が、かつて上杉勢が川中島に入ったことはない。いつも犀川を前にしての対陣だった。

それだけではない。政虎はさらに、その川中島をも通り抜け、雨宮の渡しから千曲川を渡り、十六日の昼ごろ、全軍を、

〈妻女山〉

に押し上げ、そこに布陣したというのである。

妻女山は高さ千七百尺ばかりの丘陵で、二つの支峰をもつ。武田方がクサビを打ち込んだ海津城からは、僅か一里にも満たないところに位置している。

そこは、武田方の勢力下であり、上杉方にとっては、いわば死地である。そんなところに、後面から流れる水をせき止め、堀のようにし、山腹に二重の柵を結い廻し、麓の民家を焼き払って視界を広くした。

これは長陣の覚悟である。なぜそんなところに飛び込んで、布陣したのか。

それがよくわからない。たいそう気に入らないことだった。

急報到着により、武田方諸勢は、はや武具を着け、馬をひき、弓矢剣槍をひらめかし、いつでも出陣できるよう、それぞれ待機している。が、信玄は〝山〟に籠って動かない。

平服の勘介がやってきた。それは本当にやってきたというだけで、狭い間《ま》の内で、無言

で向き合っていた。

信玄も勘介も、互いに言葉を発しない。焚いたばかりの沈香が、むしろ重苦しく匂っているばかりだった。

ずいぶん長いあいだ、そうしていたが、やがて、勘介が、

「とにもかくにも」

といい、それで一礼して退った。

そっと、喜兵衛が送って出た。勘介は立ち停り、しばらく、〝山〟のたたずまいや館の風情を眺め廻しているようだった。

「どういうことになりましたのか」

喜兵衛が訊ねると、

「どうもせぬ」

と、勘介は答えた。

「出陣する。とにもかくにも」

「なにをお考えでしたのか」

「不安がある」

勘介はぽつりといい、にやりと笑った。はじめて見る笑顔だが、なんとも明るく、不思

議な笑みだった。

「勘介さまが不安におもうとは、解《げ》しかねます」

「そうかな」

「お怒りにならないで下さい。お上も手前の父も申したことですから」

喜兵衛はこう前置きしていった。

「なにせ、勘介さまの一眼は、万眼にまさる。月の如くでございます。難問はございませまい」

「さよう、たいがいのことは読める。が、政虎どのにつき、以前よりわからぬことがあった」

「なんでございます」

「そなた、正義ということが好きか」

「はい。好きであります」

「義侠心ということは、どうか」

「望ましいものと存じます」

「それなら、正義や義侠心のために、身を捨てることができるか」

「はい。できます。いえ、できると思います」

「では、そのために、多くの人を殺し、金銭を費消し、ときに女子供を泣かしてもよいと思うか」

喜兵衛は黙った。わからない。

「じつは、わしもわからない。信玄公が信州へ進ませ給うのは、経略である。侵略と申してもよい。その裏には実《じつ》がともなう。しかるに、政虎どのの戦いは、信玄公に追われた信州諸豪の救援のためらしい。これ、義俠心である。また、信州のみならず、関東一円に兵を出すのは、関東管領として秩序回復の使命感であろう。これ、正義である。当人は無心無欲、平定すれば、黙って退去する。いまどき、そのような正義や義俠心だけで、戦いを挑んでくる武将がいるものだろうか」

「はい。聞けばそのようであります」

「政虎どのに率いられる将士にしてもそうだ。実りの薄い出兵に、よく不服をいわずについてくるものだ。しかも、強い。これはいったい、なんであろう」

「お上はいかがです」

「信玄公も同じく合点参らぬご様子だ。そのあらわれが、妻女山という死地の布陣である。政虎どのはなにを考えているのであろう」

「それを、お見抜きになるのが、勘介さまの一眼ではございませぬか」

「と思っていたが、どうも違う」

「違うとは、どう違うのでしょう」

「まだわからぬ。が、とにかく出陣である。矢玉をくぐれば、わかるかもしれず」

勘介はこういい残すと、武具を着けた士たちのあいだへ、ひょこひょこと歩み寄った。

なんだかきゅうに翳むさい影に見えた。

五

十八日、武田勢が甲府を発した。〝風林火山〟の旌旗《せいき》がひるがえり、〝諏訪法性《すわほっしょう》〟の旗がひらめき、済々と一万七千の軍勢がいくさ道を北上する。

ただし、歩度はのろい。松島より釜無川に沿い、諏訪に出て、そこで大社に武運長久を祈り、和田峠から上田へ、そして川中島に出た。

道中、信州諸豪の参陣があり、兵力は二万にも達した。が、行軍速度がのろいのは、かれらの参陣を待つためではなかった。なお、政虎の意中をはかりかねていたからである。

腰越というところへきたとき、海津城から急使が馳せてきて、

「上杉勢はいまだ妻女山にあって動かず。千曲川右岸は占領されているゆえ、地蔵峠を経

て海津城へ入られたし」

といってきた。海津城の高坂弾正以下、武田勢はそこへ入城してくるものとばかり思っているのだ。

小休止して軍議が開かれた。喜兵衛は離れていたが、勘介が地図の一点を指さすのが見えた。

軍勢が動きだした。が、海津城へ向かったのではない。いったん、塩崎というところを経て、それから二十四日の夜明け、川中島西方に位置する茶臼山に布陣した。

政虎の籠る妻女山の西方を、政虎に劣らぬ大胆さで素通りして行ったのである。そこは妻女山よりはるかに高い。政虎の本陣を望めるばかりでなく、塩崎―茶臼山の兵站線を確保し、あわせて越後勢の退路を遮断することができる。

信玄はただちに行動に移った。まず雨宮の渡しを占拠し、妻女山のすぐ下の横田を中心に、千曲川左岸に陣営を展開させたのである。

〈さあ、どうするか〉

とばかり、上杉方に一石を投じたわけだった。勘介が政虎の妻女山布陣に対する返答である。

それにしても、妙なことになった。北の上杉勢が南に、南の武田勢が北に、互いに千曲川をはさんで対峙しているのだ。

　こうして対峙した両軍は、睨みあったまま動こうともしない。喜兵衛には妻女山の政虎本陣の動静はわからないが、茶臼山本陣の信玄の側にいて、政虎が妻女山から下りてくるのを、いまかいまかと待つ重苦しさを、いやというほど感じていた。

　勘介は胸当てに金の五軒梯子《はしご》を描いた黒糸縅《おどし》の鎧《よろい》をつけ、郷ノ義弘造る三尺五寸の太刀を佩《は》き、輿に乗っては本陣にやってくる。

　面白いことに、とくにしゃべることはない。信玄またほとんど無言で、勘介の隻眼に見入り、やがて勘介が去って行く。そんな繰り返しである。

　何日目のことであったか、喜兵衛は勘介を送りながら訊ねた。

「政虎どのが替え玉ではないかという噂《うわさ》があります」

　政虎は速戦即決を好む。持久戦など好む男ではないのだ。それが退路を断たれ、ほとんど包囲され、なお動かない。

　三ツ者と称する武田方の忍びの報告によると、政虎は悠々と詩を吟じ、琴を弾じているという。ときに能役者に舞を舞わせてもいるらしい。どうも政虎らしくない。

「そうかもしれぬ」

　勘介は否定せずにいった。元来、上杉勢は三万の動員力がある。が、いまここに現れ出たのは、その三分の一にすぎない。

どこかに本隊がいて、本物の政虎が指揮をとっているのではないか、と考えて不思議はない。だいいち、死地に飛び込むについては、必ずや増援部隊との連携があるのが兵術上の常識である。

勘介はこう説明し、

「しかし、いまは政虎どのであってものうても、政虎どのとして戦わねばならんのだ」

といった。

「戦うのはいつです」

「まもなく。そなた、八千人からの人間は、一日にどれだけ食うか、存じているか」

「五十石、いや六十石でありましょうか」

「では、それを運ぶのにどれだけの人員が要るか。さらに、どれだけ運んできたか。あとどれくらいもつか」

「すぐにはわかりかねます」

「まず、保《も》って十日であろう。動くならそのあいだだ。正義も義俠も、食わずには働けないものだ」

と、勘介は鎧を揺すっていった。

「これが重うて、かなわん」

茶臼山に陣して六日目、八月末になって、突如、武田勢が陣を引き払い、広瀬の渡しを渡って、海津城へ入ることになった。妻女山から見れば、ながながとした陣列である。もし襲うとすれば、機会である。

武田勢はまた、そんな隙《すき》を見せ、挑発して見たのだろう。が、妻女山に動く気配はない。眼下を東進する武田勢を、不気味な静けさで、見送るばかりだった。

「いつまで頑張っているつもりか」

傍で声がしたと思ったら、勘介が獅子頭の前立てのついた冑《かぶと》をかむり、貝鞍置いた糟毛《かすげ》の馬に乗っていた。それはたぶん、政虎の攻めかかるのを期待し、戦闘の支度を整えていたと思われる。

が、沈黙の妻女山は、またしても勘介の策を黙殺した。

六

武田勢は海津城に入り、政虎の籠る妻女山に相対した。思えば、それが本来、予想された布陣だった。

が、それから十日というもの、信玄も政虎も依然、動こうとしない。政虎の真意は不明だが、武田方は茶臼山に布陣して、相手の出方ばかりうかがっていた六日のあいだに、すっかり事後の作戦を束縛されてしまったようなのである。さすがに、陣中にはいらだちが見えた。

九月九日、重陽の節句である。おりから、信州の山野に晩秋の気が満ちた。信玄は、節句を祝ったあと、軍議を開いた。

馬場信春がまず、

「上杉勢が動かないのは、越後からの援軍をまっているに違いない。いまのうちに、速やかに攻めるべきである」

と激しくいった。

かれは〝常在戦場〟を信条とする果敢な性格だが、このさい、だれかれを問わず、そのような思いにあったに違いなく、平生、温厚な内藤修理亮も、

「先年来、いまだ手詰《てづめ》の合戦はござらぬ。いまこそ一戦、しかるべし」

といった。

信玄は黙って聞いていた。じつは信玄こそ、無二の戦いを覚悟して出てきたのであり、決戦の思いはだれより強いはずだった。問題はしかし、堅く妻女山に籠る上杉勢と、どう

戦うかにある。

一同の意見の多くは、その妻女山へ攻め上るべしという勢いである。そのことに不安があるから、こうやって対峙を余儀なくされているのではないか。

喜兵衛はそっと、無言の勘介をうかがった。気がつくと、信玄はじめ、諸将の眼が勘介に注がれていた。期せずして、この不思議な軍師の発言を待つ姿勢である。

勘介は風に吹かれ、おもむろに、

「攻めるなら、兵を二つに分け、一隊は妻女山の背後を迂回して夜討ちをかけ、山上の敵を追い落とします。もう一隊はお屋形さま自らこれを率い、川中島で待ち受け、邀撃《ようげき》いたします」

といった。それからちょっと咳にむせびながら、

「啄木鳥《きつつき》という鳥がおりますな。木の幹を突つき、穴から出た虫を喰います」

と、つけ加えた。かれの策をなぞらえたものだろう。

面白い発想である。が、策自体、さしたるものではなく、上杉勢を山上から追い、野戦にもちこもうというなら、だれでも思いつきそうである。

が、児戯でもなければ、机上の論でもない。二万の軍勢を、じっさいに二手に分け、実行しようというのだ。実戦ということになれば、ためらわずにおられないだろう。

果たして、多少の反対があった。たとえば、相手が山を下りずに、強硬に防戦した場合、勢力を二つに割り、邀撃方は単に待ちぼうけを喰わされることになる。

信玄はしかし、この策を採用した。かれは政虎もじれているに相違なく、必ずやこちらの策に応じて動くと見た。信玄はそして、野戦が得意だった。

ただちに、出動の準備にかかった。その夜、妻女山襲撃隊、邀撃隊、ともに三日分の食糧をもらい、広場に集合した。口をきくことを禁じられていたので、武具の触れ合う音や、枚《ばい》を銜《ふく》ませた馬の苦しそうに呻《うめ》く声が、不気味に響いた。

やがて、襲撃隊一万二千が出発した。このあたりの地理に詳しい高坂弾正を先頭に、粛々と城を出た。

続いて、信玄の直率の本隊八千が、城をあとにした。広瀬の渡しで千曲川を越え、八幡原のあたりで布陣し、追われてくるであろう上杉勢と戦うのである。

しらじら明けの八幡原に、霧が立ちこめていた。初陣を前に、ちょっと浮き立つような胸のときめきを感じている喜兵衛の傍へ、黒ぐろとした影が近づいていった。

「一徳斎どのと分かれて戦わねばならぬが、それが武士の習いと知れ」

勘介だった。一徳斎とは喜兵衛の父、幸隆の入道名である。幸隆は襲撃隊に加わり、いまごろたぶん、妻女山に近づいていることだろう。

「敵と会うたら、大声を出せ。それ、声は気から発する。気発すれば、怖れは去る」

そういった。

喜兵衛は別段、怖れてふるえているのではないが、自分でも武具が揺れて音立てているのがわかる。勘介は、それとなく初陣の心得をさとしてくれたのだろう。

「心得ました。しかし」

「しかし、なんだ」

「勘介さまは天才でありますな。見事な策を立てられ、見事に軍を動かされる。もはや、勝利を待つだけであります。一眼、月の如し、まったく怖れ入りました」

いくぶん、歯の浮くような言葉になっていたかもしれない。が、なにかこの妙な老巧の士に、いいたくてたまらなかったのだ。

勘介はしばらく黙り、ぽつりと、

「答えは、やがて出る」

こういい残して去った。

霧の中で、陣立てが進められていた。人馬の影が右往左往している。何事もうまくいっているはずだった。

が、突如、前方に馬蹄の音を聞いた。それもおびただしい響きである。

物見が馳せてきた。

「敵であります」

喜兵衛は、もう敵が追い出されてきたか、と思った。

が、少し早すぎる。想定される時刻より一刻は早い。それに、あの人馬の響きの勢いは、追い落とされたものではない。考えられるのは、政虎がこちらの襲撃の裏をかき、進んで攻め寄せてきたものだ……

信玄がいつのまにか立ち上がっている。かつて見たことのない狼狽である。〝啄木鳥の戦法〟とでもいうべき戦術の失敗が明らかだった。

勘介の影が近づいてきた。そして一言、

「かくの如くであります」

と、信玄に一礼した。なにげないが、永別の挨拶だったようだ。

それから喜兵衛の姿を認めて、立ち停まった。

「そなた、よくわしの一眼の輝きを賞《ほ》めた。が、それは残念ながら違っていた。ときには、いや政虎どののような相手には、その見える一眼も不要だったようだ」

「どういうことでありますか」

「眼でものを見てはいけなかったのだ」

肚帯《はらおび》のあたりを、ぽんと打った。眼ではなく、肚で見よ、という意味だったろうか。
霧でその相貌はわからない。が、笑っていたかもしれない。
その霧の晴れまから、上杉方の〝毘〟の大牙旗がひらめくのが見えた。

けむりの末——戦国の鬼・服部半蔵の涙

一

駿府少将宮町にあった松平竹千代の人質館へ、

〈浄閑〉

と名乗る僧形の者が、ときおり姿を見せた。

竹千代は当初、この男が何物なのか、よくわからなかった。介添えはもっぱら、阿部四郎兵衛定次だったが、かれはとくに浄閑の素姓を明かすことなく、単に、

「浄閑どのです」

というにとどまった。

たいそうひかえめな男で、遠くのほうからにこにこと仰ぎ見るだけである。竹千代自身、言葉をかけた記憶はない。

その笑顔にはしかし、竹千代の健在を喜び安堵するふうがあり、人質の孤愁に沈む少年の心を、ほんのいっときでも和《なご》ませてくれる不思議な魅力があった。少なくとも、しょっ

ちゅう悲憤にみちた周囲の家来たちとは異質なものだった。

おいおいわかってきたことだが、浄閑は銭や米を持参して、見舞ってくれていたらしい。人質竹千代には、今川家から一千石が給されている。が、従う譜代の三河武士が百人余りもいて、なかなか苦しい勝手元だった。

岡崎で奉行を勤めている鳥居忠吉のもとから、今川家の眼をごまかして、米銭が送られてくるのが頼り、といったありさまで、ときに久松家へ再縁している実母お大から、衣服や米、魚などがきたり、かれを不憫に思うごく少ない今川家有志のつけ届けがあると、上下大喜びしたものだった。

まったく、当時いわれていた、

〈駿府の厄介者〉

という侮称がふさわしかった。

そんななかでの浄閑の所業は、だからたいそう奇特なことといわねばならない。だいいち、かれは松平家と縁もゆかりもなさそうな伊賀の住人なのだった。

そのせいだろうか、浄閑は定次をのぞけば、家来の多くとあまり親しくなさそうだった。そうかといって、ときおりやってくるかれを、知らぬはずがない。どちらかというと、見知っていて、かれを避けるような気配がうかがえた。

これはどうやら、頑固な三河武士の性癖というより、浄閑が伊賀の住人ということで、なにか疎外しているふうにも思えた。

竹千代はしかし、無邪気だった。浄閑のことを、

〈伊賀のじい〉

とひそかによんだりした。

あるとき、そんな竹千代に定次がいった。

「伊賀のじいなど、気やすくおよびなさるな」

竹千代は素直、というより、忍従がもう性《さが》になっている。

「いうなというなら、いわない」

とうなずき、しかし、

「あれはなかなかの忠義者だと思うが、どうか」

と訊《たず》ねた。定次は考えながら答えた。

「忠義者かどうか、わかりません。ただし、律儀者《りちぎもの》ではありましょう」

浄閑のやっていることは、律儀ではあるが、忠節ではない、というわけである。懇意だと思われる定次も、浄閑を忠義者というには、ためらいがあるかのようだった。

「忠義と律儀とは、違うのか」

「さようご承知下さい」

その言葉のうらには、ためらいよりむしろ、峻別したい気ぶりがあった。

「では、いったい何者なのか」

「先代さま所縁のものです」

「どのようなことか」

「亡兄大蔵なら詳しく存じておりましたでしょうが」

と、定次はつぎのようなことを語った。

阿部大蔵、名は定吉。その伜弥七郎は、天文四年（一五三五）の十二月、尾張守山の陣中で大変な事件を起している。

一種の錯乱から、主人である竹千代の祖父清康を、斬り殺した。いわゆる、

〈守山崩れ〉

と伝えられるものである。 竹千代の生れる七年前のことだった。

大蔵は伜の不始末に恐縮しながら、幼主広忠のために忠節を尽した。混乱に乗じて、本家横領を企む一派が迫ると、大蔵は広忠を奉じ、伊勢へ逃れた。

伊勢の神戸には、清康の妹智、東条持広がいる。その持広を頼ったのだが、持広はまもなく病死し、あとをついだ義安は、織田家に通じ、広忠を引き渡そうとしていた。

大蔵はあわてて、広忠と少数の供廻りをつれ、伊勢をさまよい出た。そのとき、一行を警固し、先導したのが浄閑とその一党というわけだった。

もっとも、当時かれは入道しておらず浄閑とも号していない。

〈服部半三保長〉

という名だった。

半三とその一党は、広忠一行を三河の長篠《ながしの》まで脱出させ、そこから舟を出し、遠州掛塚《かけづか》まで案内してくれた。

掛塚では半三の知辺《しるべ》で鍛冶屋の五郎という者がいたので、一行はそこにしばらく身を寄せ、その間に大蔵が奔走しはじめた。結局、駿府の今川義元が憐れんで、援助を約束し、とりあえず、遠州牟呂《むろ》の小城を与えてくれた。

やがて四散していた岡崎衆が集まってき、ふたたび岡崎を回復するのだが、半三らはそれらを見届けることなく、姿を消したのだという。

「それなら、忠義者ではないか」

「いえ」

と、定次は強く頭を振って、いった。

「かれらは忍者ですから」

普通向背常なく、下賤なものとされる、

〈忍者〉

だからというわけだった。

竹千代は子供心にも、あまり愉快ではなかった。素直な親昵感《しんじっかん》を疵《きず》つけられたような気がした。

その前後から、浄閑の消息がふっつりと途絶えた。まさか、忍者という素姓、身分をそしった言葉を耳にしたわけではないだろうが、不気味な暗合のように思えた。

もっとも、途絶えたからといって、とくに気にとめるほどではなかったし、その余裕もなかった。

じっさい、竹千代の成長につれて、身辺があわただしい。相手が何者であれ、ふと現れ、ふと失せるそんな男のことは、いつとなく忘れ去られても仕方のないことだった。

二

服部浄閑の本拠は、伊賀の南西部、予野庄の千賀地であった。

あたりは伊賀盆地のなかの小盆地といった風情で、なんの変哲もないひなびた田畠が、低い丘陵に囲まれて拡がっている。その一丘陵を負って、館がある。

ここは俗に、

〈花垣の里〉

というやさしい名でよばれていた。

一条院のとき、興福寺の八重桜を京へ移そうとしたが、僧徒らはたとえ帝の命でも、これればかりは聞けないと妨げた。一条院は花に名残りを惜しむのは殊勝なことだといい、予野庄を僧徒らに与えた。

僧徒らは恐縮し、すぐさま八重桜を京に運んだが、残りの枝を予野に植え、花の盛りには七日間、花守りをした。のちには京から近衛府の役人が出向してきて花守りをするようになったので、一帯は花垣の里とよばれたのだという。

この地に本拠を置いたのは、伊賀平内左衛門家長の子孫である。

かれの本姓は服部氏で、平家に属する武士だった。六条院のとき、清原殿の弓場で、射術の誉れを示し、真羽の矢千本を車に積んで賜った。以来、矢筈車が服部家の惣紋になっている。

かれはまた、新中納言知盛と乳兄弟だった。源平合戦では一族一党を引き連れて出陣し、壇の浦で知盛とともに入水《じゅすい》した。

かれの一族が出陣していたことについて、『平家物語』や『源平盛衰記』などでは、弟家員《いえかず》という者の戦死のさまを伝えている。

屋島でかの那須ノ与一が、見事扇の的を射落として、敵味方どっとどよめいているとき、船上に引立烏帽子に長刀をもち、扇の散ったあたりで舞いはじめた者があった。すると、与一が戻ってきて、また矢を放った。矢はその男をも射殺した。これが家員だった。

家長の嫡子平内兵衛保清は、屋島敗戦後、源氏の頼朝に服従し、もと通り伊賀を安堵された。子が三人あり、それぞれ上服部、中服部、下服部と称し、この一族が伊賀一円を所領して、同族は拡がった。

「(服部の）庶流、盛りに盛りて府内に蔓延す」

というくらいである。

服部氏はしかし、もともと伊賀の大姓である。

「応神天皇の御代に、呉国よりと漢よりと、緒を縫い、織りなどもし、または糸綿藻つみひしものを渡せしに、呉国より渡るを呉服《くれはとり》といい、漢よりきたれるを漢服《あやはとり》といいけり。ともに秦の始皇または後漢の元帝の子孫なるゆえ、それを姓とすることとかや」

「応神天皇の御宇、呉国、漢国両方より紡績縫織の賢女に、酒ノ君といえるを指添えて渡しけり。酒ノ君、当国阿拝《あべ》郡服部の里を領知して、ここに住す。しかれば、服部氏の祖というは酒ノ君なり」

こういった所伝によれば、服部氏族は酒の君、つまり秦造《はたのみやつこ》酒公に引率され、大陸の文明をもたらした者の末だった。

文明は服織だけではなかった。採鉱、冶金、医薬から散楽にまでおよんだ。

〈忍術〉

はそして、その文明から発したものにほかならない。

たとえば、散楽のうち、体伎や幻伎は忍術そのものだし、採鉱、冶金術から武器、火薬が製造されていった。

歌舞、音曲は雑芸人を生み出したろうが、一方で能楽という精華を創り出した。大成したのは観世父子だが、本姓は服部氏である。

観阿弥の母親は楠入道正遠の娘と伝えられる。正遠は正成の父親とされているから、観阿弥は楠正成の甥である。個人の関係のみならず、楠一族と服部氏との間に姻戚関係があり、そのような拡がりをもっていたとも思わねばならない。

むろん、しだいに大姓大族の勢力にあこがれ、その姓氏を名乗った者も少なくなかった。

「諸系生出、各別にして、混然として一系統の如く、皆服部氏となる」

というわけだが、明確なことが一つ、あった。それは伊賀一ノ宮敢国《あえくに》神社の祭礼を、服部氏族だけで勤める古法のあることだった。

その祭礼は十二月の初卯の日に行われる。花園河原に御旅屋を設け、神輿を移して七日間とどまる。

「これを勤むる族《やから》は、たとえ凡下《ぼんげ》なりというとも、賤種を除き、服部氏を免許せること古法なり」

という。

俗に、

〈クロトウ祭り〉

といった。費用が千石もかかるので、調達するのに苦労するという意味と、参加者はみな黒装束をするので、

〈黒党〉

の字をあてる意味がある。

いずれにしても、服部の勢威と、黒装束、つまり忍者をしのばす祭礼である。あるいは、

〈服部祭り〉

と称してもいいかもわからない。

このような服部氏の発生と伝承だったが、南北朝以来、伊賀の様相はかなり変っていた。

国人《こくじん》は邪勇につのり、無道の我意を行い、貢税をせず、慢心し、いたずらに血気の勇にはやり、身分を忘れ、勝手に官名を名乗った。住居の周りには深い濠を掘り、土居を築き、逆茂木《さかもぎ》をかけ、門戸厳重にして兵具を貯え、親子兄弟の見さかいなく戦い合い、親の仇、子の仇、縁者の宿意だといっては争った。

火術、諜術を使い、荘園に押し入り、殺人、放火をし、住家といわず、寺社といわず焼き払った。それで国主はあってなきが如く、国人有志が談合して政事を行なった。

一種の自治体が形づくられていたが、なにせたかだか八里四方ぐらいのところに、国人・土豪二百何十家がひしめき合っているのだから、談合がややともすれば、争いになる。

住人はまた、伊賀の遺風というわけで、せっせと惻隠術（忍術）の鍛練に精出していた。

三

ひところ、三人の上忍がいて、ほぼ国人を押えていた。湯舟の藤林長門、喰代《ほおじろ》の百地丹波、そして千賀地の服部浄閑である。

服部氏の本家を自認する浄閑は、争い合う国情を嫌い、しきりに国人・土豪たちの和睦を説いたが、もはやかれらは受け入れようとはしなかった。どころか、本宗浄閑の追い落しをはかった。

思えば、藤林も百地も服部氏の流れだった。勢力としては、むしろ本宗を越えていただろう。

かれらにとっては、千賀地の本宗が邪魔だった。いつのまにか、それぞれ平内左衛門家長の治績に類似した祖先を作り上げ、家柄を誇った。そのころから、浄閑はしきりに出国を考え、よく国外を遊歴した。

それは視野を広めることであり、いよいよ伊賀の国情を情けなく思わせることになった。松平広忠一行を救ったのは、たまたま伊勢にでかけていたときの出来ごとにすぎないが、〈三河松平家〉

というものに、興味を抱いたのもまた事実だった。

かれは子供が成長すると、伊賀に置かず、一人ずつ国外に出した。館は荒れ、下忍どもの数は減ったが、それはそれでいいと思っていた。

長い年月のうち、服部氏族は全国に散らばっている。本宗のかれら一族もまた、諸国に散ろうと覚悟していた。

ある日、かれは鉄砲というものに、狙《ねら》い撃ちされた。たぶん、藤林か百地の手の者だっただろう。

「外道《げどう》にやられた」

と浄閑は脇腹から血を垂らしながら、荒れ果てた館へ戻ってきた。館には少年が一人、いた。

五人目の子、

〈半蔵〉

だった。

「外道のはびこる世になった。忍道も失せた」

浄閑は半蔵にさびしくそういった。かれは、

〈けむりの末〉

として、示せば卓抜な忍道の神技がある。半蔵への伝授も厳粛だった。

「こんな伊賀は、いずれ潰れるだろう。みなはまだ気がつかないのだ。わしを殺してなんになる」

その間、半蔵は無言で、浄閑の腹を裂き、鉄砲玉をくり出していた。それは黒く、不恰《ぶかっ》好《こう》な玉で、人肉をえぐった冷たさがあった。

「どうせ無駄なことだ」

と、浄閑はその玉を口中に入れて転がしながら、いった。

「思いの残ることが一つ、ある。松平の若殿さんの顔が見れぬことだ。どういうものか、魅《ひ》かれる顔だ。向こうでも、寂しがるのではないか。いや、忘れてしまうか」

しだいに声音が小さくなってきた。

「そうそう、若殿さんはおまえと同い年のはずだった……」

ごくりと、音がして、鉄砲玉が浄閑の喉の底に落ちた。そして息が絶えた。

半蔵はじっとそのさまを見つめていた。鳶色の瞳が、ほんの少し、かげった。

まもなく、千賀地の館が燃え上がり、一物も残さなかった。半蔵も何人かの下忍たちの姿も消えていた。

ありようはしかし、伊賀の数ある土豪の一つが、消え失せたにすぎなかった。伊賀の国人・土豪たちは、服部氏本宗の消滅に憐れみもせず、また新たな争いを繰り返しはじめていた。

むろん、遠く離れた駿府では、知るわけがなかった。もし知っても、たかが忍家の一つや二つ、どうなろうと気にもとめないだろう。

阿部定次などは、姿を見せない浄閑について、

「忍者とは、しょせんそういうものです」

と竹千代にいったりしていた。

その竹千代は、なお駿府に留め置かれていたが、元服して二郎三郎元信を名乗り、築山殿という義元の姪《めと》を娶り、もっぱら今川方の先手《さきて》として、戦場を駈け廻った。

かれらの赴くところは、たいがい難所難敵だった。岡崎衆のなかには、

「われらを皆殺しにする企みだ」

といって慷慨する者があったが、元信は義元の命に逆らわなかった。行けというところへ行き、戦えというところで戦った。

それはいちがいに苦しいことばかりとはいえなかった。まず、岡崎衆の結束が得られたし、戦功によってかれらの待遇が、少しずつだがよくなった。

だいいち、戦さに慣れた。駆引きが巧みになった。じっさい、戦うごとに負けを知らない。青年武将としての名が上がってきた。

永禄三年（一五六〇）五月、その名をさらに上げる働きがあった。尾張へ突出している今川方の大高城に、兵糧を搬入したことだった。

このころ、元信からさらに元康と名が改っている。その元康は、黒い葵の紋三つを描いた白旗七流を押し立てて進んだ。

先陣は酒井忠次、石川数正ら五百余騎で、元康は自ら三百余騎を率い、荷駄百十匹を警固していた。

十八日未明、大高城へ二十町ばかりに迫った。間近かに織田方の鷲津、丸根の砦が見える。すでに元康一行の動きを監視しているに違いない。下手に進めば、両面から押しはさむように攻めかかってくることだろう。

元康はしかし、先陣をどんどん進ませていた。めざす大高城をも通り抜け、敵陣深い寺部、梅ヶ坪の砦を襲わせるのである。

それを見て、鷲津、丸根の連中は救援に馳せ向うだろう。その隙《すき》に、荷駄を搬入しようという計略だった。

木陰に荷駄隊をしのばせて、じっと待つ元康のもとへ、先陣から〝走り(伝令)〟が駈けつけてきた。駈けてきた、というのは単なる形容で、じっさいには元康の身辺へ、突如、湧くようにして出現した。

むろん、人間の体が湧いて出るはずがない。元康の馬廻りを駈け抜けてきたと思うよりほかなかったが、なんの不思議も感じさせない落着きようだった。

そいつはそして、薄暗いなか、だれに告げてもよかっただろうに、誤またず阿部定次の面前に蹲踞《そんきょ》した。

「荷駄をお進めあれ。もはやお気づかいは要りませぬ」

定次はただの〝走り〟の報告と聞き、

「うむ」

とうなずいた。すぐ近くの元康にも、その報告が聞えた。かれは前方を見廻して、けげんそうに首をひねった。

「まだなんの変化もなさそうだが」

するとそいつは、やはり定次に向って、

「やがて火の手が見えます。鷲津、丸根では動きはじめております」

といった。その言葉の終るか終らないかのうち、火の手が二つぼうと上がった。寺部、梅ヶ坪の両砦が燃えはじめたのだった。

「なるほど」

元康はうなずき、即座に荷駄の前進を命じたうえ、駈け去ろうとする〝走り〟に、

「そのほう」

と声をかけた。

そいつは一礼して、顔を向けた。ばさらに乱した髪以外、なんの変哲もない兵士の風情だった。ただ、ほのかに微笑んだようである。

「よい。行け」

元康はいった。そいつが駈け去ると、定次を振り返った。

「あの者、馬廻りに加えよう」

「あれはこのたび雇うた伊賀者ではありませぬか」

「そのほう、気づかぬか」

「なにを、でございます」

「あれは、浄閑所縁の者だ」

さよう、服部半蔵だった。

四

服部半蔵、名は正成。
元康改め家康の忠勇な武将である。どちらかというと、地味だった。功名を争わない。
先駆けはしない。それでいて、常に切所切所を引き受けて働いている。
その働きはそして、
〈槍〉
だった。
別段、変った術、このさいは忍術だが、それらしい風情を見せるわけでもなく、一同と共に進み、一同とともに退く。

ただ、その槍の身が長大で、柄は太かった。これとても、当時の豪士ならさして珍しくない。

どちらかといえば、体に較べて長大なその槍は、自ら揮《ふる》いにくくするために、制御を課しているかの趣があった。要するに、ただの武士にすぎなかった。

永禄五年に三河西郡上郷城の鵜殿攻めのおり、物頭三原三左衛門はこういった。

「此城要害嶮岨に拠れば、力攻めにせば味方多く損ずべし。幸い御旗本に江州甲賀衆所縁の者あり。その縁について、甲賀の徒を招き、城内へ忍びを入れ置き然るべし」

甲賀衆所縁の旗本というのは、牧野伝蔵と戸田氏鋕《うじかね》である。駈けつけた甲賀衆は、伴太郎左衛門ら八十余人だった。伊賀衆も服部氏の名前も出てこない。

半蔵はしかし、従軍はしていた。家康麾下《きか》のただの家来として。

城方では防備怠りなく、駈けつけた甲賀衆も足掛りを摑めず、攻めあぐむていに見えた。

風雨の夜を待つべしとか、正攻法でいくべしとか、意見が出ていた。

ほんのいっとき、半蔵の姿が消えた。戻ってくると、愛用の槍をさすりながら、

「一日も早く、攻め落したいものでござる」

と、なんどか独り言をいった。なんどか、というのは、家康の耳に入るまでということ

だった。

家康は耳にするなり夜討を命じた。甲賀衆は攻めあぐむ城へ、また足掛りを求めて進んだ。やはり防備は固く、容易ではないと思えたが、搦手《からめて》の脇に少しの崩れが見えた。

そこへとりついて、一人、二人と潜入した。予想された闘いは起らなかった。そこには城兵の何人かが倒れており、甲賀衆でない別の忍び者の死体も、いくつかあった。だれかが甲賀衆の潜入をひそかに援《たす》けたものとしか考えられなかったが、そんなことを配慮する余裕はなかった。

甲賀衆は城内のあちらこちらに散り、闘い、そして火を放った。その火の手を見て、軍勢がいちどきに押し寄せた。軍勢の中には半蔵もまじっていた。

物頭の三原三左衛門は、かれの策戦成功に鼻高々だった。家康はしかし、遠くのほうの半蔵を眺めて、

「ご苦労」

とつぶやいた。

妙といえば、半蔵とともに召し抱えられた兄たちの振舞いである。長兄市平保俊、次兄源兵衛保正、三兄勘十郎、四兄久太夫だが、かれらは弟半蔵を立て、あたかも従者のように見えることだった。

同じ流れで、相前後して家康に仕えた尾張服部系の政光、中服部を称する保次など、それぞれ一族一党の長《おさ》と思える連中もまた、若い半蔵に敬意を払った。

政光は尾張河内を本拠とし、桶狭間のおりには、兵船を率いて家康に味方した。また保次は、小平太と称して織田方についており、桶狭間では今川義元に槍をつけるという高名を上げてもいる。いずれも近ごろふらりと家康の一馬廻りとなった半蔵より、名も戦歴もある者どもなのだった。

その敬意はまた、とくにあからさまなものではない。言葉や仕草のはしばしにうかがえるひめやかな、しかし畏《おそ》れともいっていい気ぶりである。もし、半蔵が死ねといえば、その場で直ちに身を差し出すに違いないものだった。家来のほとんどは気づいていないが、家康だけはすでに見抜いていた。

永禄十二年の正月の遠州掛川攻めのとき、半蔵の次兄源兵衛保正が、物見に出て陣中へ報告にきた。長兄保俊は、三河高橋合戦で死んでいるので、半蔵の兄弟ちゅうの年長者だが、家康は報告を受けたあと、保正にいった。

「そのほうの家は、末弟相続が慣《なら》いか」

「いえ、そうとはかぎりませぬ」

と保正は恐縮して答えた。

「げんに、半蔵になお弟半助があり、家来の端に加えさせていただいております」

「そうであったか。しかし、半蔵が一家の長のように見える」

「一家の長といえば、手前ということになりましょうか。が、あれは一族一党の長でありますから」

「だれが決めたのか」

「だれということはございませぬ」

「浄閑が眼をかけていたのではないのか」

「眼をかけてもかけないでも、なれぬ者はなれませぬ」

「つまり資質ということか」

「まあ、さようでございます」

「半蔵には資質があるのか」

「はい。けむりの末でございますから」

「けむりの末か。面白い言葉だ。では、そのほうはなんだ」

「ただびとでございます」

保正はこういって、少しはにかんだ。

その〝けむりの末〟は、掛川の城に向い、渡辺半蔵守綱、本多作左衛門重次とともに、手勢を率いて奮戦していた。

「城の四方をかこみて接戦す。二十二日の夜、敵兵をまたうかがいて、引き退き、かたく城門を閉して守りしかば、味方入ることを得ず。そのときにあたりて、城兵門の扉をたたきて、ただちに突いて出んとする勢いなりしかば、味方の兵驚き散らんとしけるを、正成（半蔵）渡辺守綱、滝見弥兵次らと同じく踏みとどまりて、城兵の出るのを待つ。しかれども、敵ついに出でざるにより、相共に引退く」

と記録はしるす。

その姿は、格別めざましいものではない。要するに、ただびとの進退なのだった。

五

元亀元年（一五七〇）、姉川ノ役、牛窪、小坂井、高天神の戦い。元亀三年、三方ヶ原の役。

このように戦っている。功を賞《め》でられ、二度にわたり、家康から槍を頂戴している。槍をもらうということは、歴とした武士の面目を示すものである。

天正元年（一五七三）の春、甲斐の武田信玄は三河野田城を陥して、そこに陣営を張っていた。三方ヶ原で敗けた家康は、浜松の城にこもり、もっぱら越後の上杉謙信によしみを通じ、甲斐の背後、信州への出兵を乞うたりしているにすぎなかった。

四月に入ったある日、半蔵は珍しく家康に意見を上申した。平生は言葉少なで、よくても悪くても命令に従うだけの性だったが、

「越後のこと、ほどほどになさいますよう」

といった。

「なぜか」

「手前が申し上げるより、確かな者がおります」

「それはだれか」

「ようございますか」

半蔵はそろりと立ち、その場にひかえていた同朋《どうぼう》竹庵という者の襟首を摑んで、ひょいと膝の下に敷いた。

「なにをいたす」

とっさのことなので家康も少し驚いたようだった。

「これは甲州の間者でございます」

と半蔵はいった。しばらく、竹庵は並みの同朋ならたぶんそうするように、ただ哀れな

叫び声を上げ、身をくねらしていたが、きゅうに形相を変えて、力み返った。が、半蔵の膝頭の力は、それをうわまわった。

竹庵はやがて観念したかのように、がっ、と音立てて舌を嚙み切り、その場に果てた。自ら死ぬることは、甲州の間者であることを証明するようなものだった。

「傍で長く奉公していたこの男が間者か」

家康はまん丸く眼を見開いた。

「さようでございます。が、命を絶ったからには、この者の口からは聞けませぬ。手前が申しあげます」

と、半蔵は進み出て一言、二言ささやいた。

「本当か」

家康のまん丸い眼が、さらに見開かれた。

〈信玄の死〉

を報じたのである。

家康はしかし、半蔵がなぜそのような事実を知っているかについて、なんの疑問ももたなかった。半蔵ならそれくらい知っているのは当然、ということだった。

「ですから、越後へのなされようは、ご配慮なさいますよう」

「わかった」

家康はうなずいた。

半蔵が直接、忍者らしい行為を人前に示したのは、僅かにこれくらいである。翌天正二年には、武田勝頼の遠州出向を迎え撃ち、また大身の槍を揮って奮戦した。

そのころ、こんな里謡がうたわれていた。

徳川殿はよい人持ちよ
服部半蔵　鬼半蔵
渡辺半蔵　槍半蔵
渥美源吾は首切源吾

家康は半蔵にいった。

「そのほう、鬼じゃそうな」

「そうかもしれません」

半蔵は逆らわなかった。が、鼻がいくぶん高く、鳶色の瞳をのぞけば、端麗すぎる顔立ちだった。もっとも、半蔵の〝鬼〟はいくぶん違っていた。

〈征服された先住民の末〉

の意味だった。

上古、国津神が天津神に追われ、山に留まって〝鬼〟とよばれているもの、あるいは常民に混同してはいるが、定住なく、諸国を流浪しているもの、などである。

服部氏はなにも征服されたというわけではない。が、ありようは諸国を流浪し、あるいは山中にやむなくひそんで疎外されるものどもと、どこかでつながっていた。

どちらかといえば、悲しく、人間の業というものを背負っているかのようだった。人の生き死にを無表情で眺め、ときに謡い、踊る。それを忍者の性といえば、さほど当らないわけでもなかった。

「鬼ですよ、鬼」

と、悲しい鬼はにこにこ笑った。

天正七年九月、半蔵は岡崎三郎信康の自刃に立ち会った。相役は天方山城守通綱である。

信康は腹に刀を突き立てて、半蔵にいった。

「無念である」

無実の疑いを織田信長にかけられて死ぬ無念さだった。半蔵は涙をこぼした。それは、この若君に死んでもらわねば保てぬ家というものの哀れさである。

そこで、介錯《かいしゃく》は天方が執《と》った。

「はじめ半蔵は、御自刃の様見奉りて、おぼえずふるい出て、太刀とる事あたわず。山城、見かねて御側より介錯し奉る。後年、東照君、御雑話のおりに、半蔵はかねて剛強の者なるが、さすが主の子の首打には腰を抜かせしと宣いし」

腰を抜かしたわけではないだろうが、しかねたのは事実だった。

じっさい、家康はことあるごとに信康を思い出し、周囲を困惑させた。幸若の〝満仲〟を見ては涙を流し、

「どう思うか」

などといった。

〝満仲〟は主人の首に代えて、わが子美女丸の首を進上する筋である。信康を弁護しなかった酒井忠次や、信康の身柄をあずかった大久保忠世などは大いに畏怖したし、直接手がけた天方は、世をものうく思い、高野山へ入ってしまった。

その点、半蔵はしおらしい武士だった。後年、江戸麴町に安養院を営み、信康をまつった。のちこれが四谷へ移り、西念寺と改った。半蔵の菩提寺だが、これは、半蔵の法号、

〈専称院殿石州安誉西念大禅定門〉

からとったものである。

天正十年、半蔵にとっても、伊賀者にとっても、特筆大書すべき事件が起った。本能寺の変によって、ときに堺に在った家康は、数少ない供廻りだけで、伊勢、伊賀をさまよい

歩かねばならなかった。

　一行のなかに半蔵がいた。伊賀は前年、信長に攻められ、人も土も燃えつきた、といわれるほどの災厄を蒙っていた。けれども、ひそんでいた伊賀の国人はぞくぞく警固に馳せ参じてきた。むろん、半蔵の呼びかけに応じたものである。

　半蔵はただ、素知らぬていで、ゆるゆると歩いていた。その横顔を家康は眺めて、つぶやいた。

「先君もかように伊勢をさまよったことだろう」

　浄閑のあの笑顔を思い出していたのかもわからない。

天下と汚名の間――明智光秀、無謀な行動の結末

一

他愛なく、あまりにも他愛なく、ことがすんだ。

光秀は、うっすらと焦《こ》げる匂いのただよう二条館の一部に床几《しょうぎ》を据《す》え、ゆったりと腰を下ろしていた。

大将たる者は、ことに大事を起こした者はそうあるべきだと思っているからだったが、じつのところ、思いは思いにすぎなかった。名状しがたい恍惚と不安が渦巻き、ついつい全身のおののくのを、どう抑《おさ》えようもなかった。さしあたっての気がかりは、

〈信長のしるし〉

が、まだ見つかっていないことだった。

「信長公のご遺骸、見当たりませぬ」

こんな報告が、本能寺跡からもうなんどもきている。

それは、まだ見当たらないというのではなく、すでに焼亡し果てているという意味であ

る。

光秀自身、ついいましがた、紅蓮《ぐれん》の炎もろとも焼け落ちた本能寺をその眼でしかと見届けているはずだった。

まさか、脱出したとは思えない。それでもなお、心おだやかではない。

ふと天空のかなたから、あの怖ろしくもうとましい信長の声が、聞こえてきそうな気がするのだった。

あれはいつだったろうか。

酒宴のさい、光秀が座を立って、庭の片隅で小用を足していると、信長は長押《なげし》の槍をひっつかみ、怖ろしい勢いで飛び出してき、光秀の首に穂先をあてがい、

「おのれ、キンカ頭め、なにゆえ座敷を立ち、興を醒《さ》ますぞ。細首、突き通してくれよう」

と怒鳴った。

光秀はあわて、

「これ、このように用を足《た》しているのでございます。座敷を出るのではありません」

といいわけしたが、信長は許さない。スラスラ研《と》ぎすました穂先を、なおも突きつけてくる。

光秀はいっそう狼狽し、

「お槍先が当たります。どうぞお許し下さいませ」

と詫びると、信長は、

「謝るなら許す」

とようやく槍を引いた……

みじめなことだった。人は、信長という仁はいたずら者ゆえ、酒興のうえの戯《たわむ》れであろう、といってくれたが、あの眼付きはただごとではなかった。

いつもいつも憎んでいたに違いない。だいいち、面目を失することだった。

もっとも、面目を失う段になれば、話は数限りがない。

丹波八上城で、人質に出した養母を殺された。それは城方から貰い受けた人質、波多野兄弟を、信長が無残にも殺したからだった。そのうえ、信長は嘲笑した。

「母を殺してまで、手柄を立てたいか」

と。

ほか、刀を突きつけ、無理じいに下戸《げこ》の光秀に大杯の酒を飲ましたこと、森蘭丸に打《ちよう》擲《ちやく》させたこと……

つい先日、これはことを起こす直接の動機となったといってもいいが、かねて仰せつか

っていた徳川家康の接待役を、ふいに取り上げて中国出陣を命じたうえ、

「出雲《いずも》・石見《いわみ》を与える。そのかわり、いまの丹波《たんば》・近江《おうみ》を召し上げる」

といってきた。

出雲・石見は、まだ毛利の分国だった。しょせん、領地を召し上げられたということにすぎなかった。

もはや、面目を失するだけではない。光秀の存立にかかわることだった。

だからいま、憎むべき男を討った。その首が見たい……

対面して、どうするつもりなのか、自分でもよくわからない。唾《つば》でもひっかけるか。

たぶん、それはできまい。が、確かめておきたい。確かめることだけが、恨みを晴らすあかしのような気がする。

また、報告がきた。こんどは、なお見当たらないということのほか、

「脱《ぬ》け出た者、一人もおわさず」

という状況説明がついていた。

そのはずだと思う。が、ふと、

〈おのれ、キンカ頭め〉

という甲高《かんだか》い声が、耳元で鳴ったような気がした。

光秀は反射的に、軍扇で膝を打ち、

「念を入れて捜せい」

と命ずるのだった……

二

「町まち、静まり候え。惟任《これとう》日向守どの、今日より天下殿になり候あいだ、洛中の地子《じし》、ご免なされ候」

こう触れ歩く声が、遠く近く聞こえている。

家臣溝尾勝兵衛が、触れさせているのだった。勝兵衛自身も、もちまえの大声で触れ歩いている。心地よげである。が、

〈天下殿〉

という言葉が、なぜかおののく胸を刺す。

〈天下殿とは、いったいたれか〉

光秀は反芻《はんすう》してみて、ほかならぬ自分であることを、おぼろげな影を手探るように見つけ出す。

今朝の行動は、憎むべき信長を討つことにあったのか、それとも天下を奪うためだったのか……

信長を討てば、自然、天下殿の道が開けること、あるいは切り開かずにはおかないことぐらい、ここ数日間の苦悩の熟慮に入っている。段取りも、ほぼとり決めてある。

まず、京都市内を鎮定し、畏《かしこ》きあたりへ今回の行動を奏上し、承認を得ること。信長の本拠である近江・美濃を平定し、畿内を確保すること。

いっぽうで、反信長の諸氏に檄《げき》を飛ばし、信長討滅の事実を知らせ、趣旨に賛同してもらい、一つの戦線を結成すること。むろん、身近な織田家中を勧誘し、味方を多くつくること。

そのうえで、戦う者とは戦う。その相手はたれか。また、いつ、どこで、どう戦うかは、おいおい明確になってくるだろう。

今朝来、すでに何十人もの急使を、諸方に発している。ことに、げんに織田軍と戦いつつある大名家には、ねんごろにあつかってある。

柴田勝家軍と戦う北国の上杉家、羽柴秀吉軍と戦う西国の毛利家、滝川一益軍と対する東国の北条家、丹羽長秀軍が向かおうとしている四国の長宗我部家など。

それらはいまただちに、賛同してくれるかどうかわからない。が、とりあえず当面の織田勢の行動を牽制する力にはなるだろう。

また、味方につけるべき織田家中は、丹後の細川藤孝・忠興親子、大和の筒井順慶、摂津の高山重友、中川清秀、池田恒興ら、ほか十指にあまる。

細川親子は、古くから光秀の朋友であるばかりか、忠興は娘聟という間柄である。筒井は光秀の与力大名になって以来、親しい仲だし、高山、中川、池田らは、こんどの中国出陣にあたって、かれの組下に組み込まれている。

少なくとも、これくらいは光秀の輔翼になってくれるに違いない。これはそして、畿内を固める有力軍団をかたち作ることになるだろう。

熟慮中はなにかうまくいきそうな気がした。が、いま、町なかを触れ歩く、

〈天下殿〉

を耳にするとき、とたんにたいそうぼんやりしたものに霞《かす》んでくるのだ。

光秀はだいたい、律儀《りちぎ》で古いたちだった。時代はしかし、ややともすれば律儀をからかいの対象とし、古格を重んずるものからその誇りを奪った。

それでもなお、いざとなると律儀に古格を重んずるのが光秀だった。あるいは乱世というこの時代、だいそれたことを仕遂げた男にしては、甚だしく退嬰的《たいえいてき》といってもいい。

かれは毛利家に発した密書に、こうしたためている。

「急度《きっと》、飛檄をもって言上せしめ候。今度、羽柴筑前守秀吉こと、備中において乱妨《らんぼう》を企て候条、将軍御旗を出だされ、三家御対陣の由、まことに御忠烈の至り、永く世に伝うべく候。

然らば、光秀こと、近年信長に対し、憤りを抱き、遺恨もだしがたく候。今月二日、本能寺において、信長父子を誅《ちゅう》し、素懐を達し候。

かつは将軍御本意を遂げらるるの条、生前の大慶、これに過ぐべからず候。この旨、よろしく御披露にあづかるべきものなり」

将軍とは、当時備後鞆《とも》に亡命し、毛利家の庇護を受けていた足利義昭のことである。また、三家とは、毛利輝元・吉川《きっかわ》元春・小早川隆景の三家、つまりは毛利一党をさす。

信長は秀吉をして、備中に侵入させているが、将軍の旗のもと、毛利家が対陣しているのは、ご立派なことだ、手前光秀も、かねて信長に恨みがあり、今二日、誅殺した、ともに、将軍のために働こうではないか、といった意味にとれる。

要するに、光秀はかれ自身、天下殿になるのではなく、将軍を奉じて決起したというものだった。

かれはかつて、義昭の近臣だった。が、その旧体制にあきたらず、新興の、それも怖るべき破壊と建設をおし進める信長に従った人物である。

いやというほど、旧体制の無力さ、将軍の無意味さを知っているのにかかわらず、である。

密書はむろん、外交的文書である。まさか、自分が天下殿を志向しているとはいえまい。すでにむなしいながら、将軍というものを中心に紐帯《ちゅうたい》を強めるのが狙《ねら》いである。

が、その遠慮は遠慮でなく、存外、本心を示しているものだったかもわからない。とりもなおさず、自信を欠くものである。だから、

〈天下殿〉

の言葉はなんとなくうつろに聞こえた。

光秀はしかも、妙なことにこだわっていた。

〈惟任日向守〉

という名である。

この九州の古い豪族の名は、信長からもらったものだった。

〈天下殿なら、明智とすべきではないか〉

と、美濃を本貫とするその名を思い浮かべた。かつて、斎藤道三の嗣子義竜が、道三に叛逆したとき、本姓土岐を名乗り、旗印も斎藤氏の二頭波から桔梗紋に改めた、ということを、ぼんやり思い出したりしていた。

三

斎藤内蔵助利三が、顔中に汗を噴き出しながらやってきた。

「みなみなうまくいってます」

と、京都での信長残党の捜索、追捕《ついぶ》が進んでいること、市内が平穏であること、畏きあたりへの報告も聞き届けられたことなどを告げ、明智勢の士気は高く、軍規正々としていることをつけ加えた。

「それはなにより」

と、光秀はうなずいた。

かれが、もっとも気にかけていたことだった。が、強さより姿にこだわるかれの一面がうかがわれるようだった。

「堺へ兵を向けました」

利三はこうもいった。

これまた、光秀の意に大いにかなった。

堺には、ごく少人数の供廻りを連れた徳川家康がいる。

その家康を討つためである。

戦う者があれば戦う、というのが、はじめからの覚悟だが、さて、その相手として、光秀は家康をもっとも怖れていた。

柴田勝家は、麾下《きか》の前田利家、佐々成政、佐久間盛政といったそれぞれ戦略単位をもつ諸将をあげて、上杉方の越中魚津城を攻めている。遠方ということより、慎重すぎる勝家の性格をよく知っている。

それに、麾下諸将の仲が、必ずしもよくない。まとまって攻め上ってくれば、織田家筆頭家老でもあり、当然大敵になる。

が、当分、動けまいと読んでいる。じじつ、そうなった。

東国の滝川一益は、軍勢は少ないうえ、ほとんどが新付《いまづき》の兵である。とても率いて攻めてはこれまい。だいいち遠距離すぎる。

四国を攻めるべき丹羽長秀軍は、軍令が伝わったばかりで、集結もしていない。畿内に散在しているが、まだ満足に軍とはよべない有様だ。

残るのは、中国路の羽柴秀吉軍だが、いま毛利勢はあげて、備中高松城を救援のために集結し、互いに睨《にら》み合っているという。

その勢三万。秀吉軍も三万だが、つい最近、麾下に従った宇喜多勢一万を含む。その一万は、中央の変乱でどう転ぶか、わかったものではない。

そもそも、秀吉一軍ではどうにもならないから、光秀に中国出陣が命じられたのだし、信長自身、出馬のつもりだったのだ。動けばたちまち毛利勢三万の追尾を受け、姫路城に入るのがやっとで、そのときは、秀吉軍は破滅していることだろう。

「だから」

と光秀は、協議の席でいった。

「警戒すべきは、徳川家康だ」

少人数の供廻り、それも平服の一行をなぜ怖れるのか、ということについて、光秀はこう説明した。

なるほど、家康一行はなにもできない。が、畏《おそ》るべきは、家康という人物の格である。信長でさえ、一目をおく東海の弓取りではないか。

いま、諸方の戦線に出ていない小大名、有力者が、畿内外にいる。ことには、伊勢の北畠信雄、神戸信孝といった連枝《れんし》もいる。それらが、家康を擁して立てば、どうなるか。

そのうち、三河、遠江あたりから、徳川勢が駈けつけてくる。この徳川勢の強さはまた、格別のものだ……

たしかに理屈だった。

席上、利三はしかし、

「手前は、羽柴筑前殿だと存ずる」

といった。

この男、美濃の出身で、稲葉一鉄に仕えたのち、光秀のもとにきた。一鉄から信長に返還を訴え出たので、そのためにも光秀と信長は気まずくなったということがある。

なにせ、沈着勇武、今朝の本能寺攻めでは、京都の町口の木戸を、あらかじめ開けさせるといった、いくさ巧者をみせている。

「なぜかならば、当節、筑前殿ほど身軽な人物はいますまい。大返しするなら、かれをおいてない」

いくさ巧者の勘といったものであろうか。

光秀はしかし、言下にはねのけた。

「あの成り上がり者め、なにができる。信長あっての筑前である。ただのおべっか使いではないか。だいいち、毛利がだまっていない」

これまた理屈である。

が、秀吉という人間の力、格というものを、不当に評価したがっているかのようだった。

内心、もしかして、もっとも怖れていながら、確証もないのに、毛利勢を頼り切っているふうがうかがえる。

「ただ、筑前は強運の仁ですからな」

と利三がいって、協議は終わった。その、

〈運〉

という言葉が、いまもって気になってはいるが、現状として、強敵家康のもとへ兵を向けたということで、まずまず順調に進んでいるといってよかった。

四

光秀は午《ひる》過ぎまで、京都にいた。なお、信長のしるしにこだわっていたわけだが、いまの午後二時ごろ、ようやく腰を上げ、大津に向った。

たいそうな時間の浪費、ことに拙速を要するこの時期、無為に過ごしたといわねばならない。

もっとも、その後の動きをみれば、さほどの損失とはなっていない。どころか、京の鎮静化を見届け、諸方へ連絡する時間でもあった。

問題はしかし、その時間のあいだ、あれを考えこれを考え、前途の見通しということより、ついつい自省に陥り、得体の知れない不安がふくらんだということだった。

それが、のちのかれの行動を逡巡させ、混乱させるもとになった。

ことに、落ち着かぬまま、あたりを歩き廻っていたとき、兵士たちのささやき合う声のなかから、ふと、

〈主殺《しゅ》し〉

という言葉を聞いた。

それはその通りである。かれにはむろん、いいたくもなく、聞きたくもない言葉だった。

それゆえかれは、こんどの行を、

〈遺恨晴らしのため、将軍統治の正統に戻すため、悪逆非道の魔王誅滅のため、ひいては天下万民のため……〉

などと飾りもし、自分自身にもいい聞かせていたのだ。

わかっていても、聞こえてくる、

〈主殺し〉

という汚名に、強い衝撃を受けた。かれは耳をおおった。

もし、利三がきて、

「さあさあ、出発でござる。気を大きく持たれよ。いよいよこれからでござるぞ」

と、かれをせき立てなければ、その場に坐《すわ》り込んでいたかもわからない。

京都出発にさいし、山崎に近い勝竜寺城に、溝尾勝兵衛を入れた。ここは、かつて細川家の居館であり、いまは光秀の拠点である。

このとき、まさかそこで戦いが起こるとは、夢にも思っていない。ただ、京の西南の関門と考えていたにすぎない。

大津から瀬田に向かったとき、ちょっとしたことがあった。瀬田の城主山岡景隆を誘降しようとしたのだが、景隆は拒んで瀬田橋を焼き落とし、居城に火をかけて山中へ退いた。

光秀は、橋の修築を急がせ、橋掛りに堡塁を築き、夕刻になって本拠坂本城に入った。

体が、綿のようにぐったりと疲れていた。ここ数日、ほとんど寝ていない。疲れはしかし、神経のほうだった。

普通ならぐっすり眠るべきところ、いたずらに輾転《てんてん》とし、紅蓮の炎を夢み、信長の声を聞いた。

が、明けて三日から、精力的に方針通り、近江・美濃の平定をおし進めた。これはうまくいった。

前の近江半国の守護・京極高次、前の若狭の守護・武田元明といった者たちが勧誘に応じてきたし、進んで麾下に入る有力者もいた。

信長の本城安土城へ、本能寺の変報が伝わったのは、二日の午前中である。騒ぎ立つことが並たいていならず、山崎源太左衛門の如きは、屋敷を自ら焼いて、近江へ立ち退くという有様だった。

留守の大将、蒲生賢秀は、もはや安土城に拠《よ》って光秀軍に対抗することが、不可能であることを悟り、信長の妻妾一族をともない、本拠日野に落ちのびた。ときに、一同は城に貯えられた金銀財宝を取り出し、城に火を放つべきだといったが、賢秀は、

「城は信長公入魂の造りである。あえて焦土とする必要はない。また、金銀を取り出して、のちのちのもの笑いの種になってはならない」

といって、木村次郎左衛門という軽輩者を置いて退去した。

光秀は五日、そっくり安土城を受け取った。金銀財宝類は、ことごとく家臣や新付の諸将士への褒美となった。

いっぽうで、京極高次の旧臣・阿閉貞征らが、秀吉の本拠長浜城を陥《おと》した。そこへ斎藤利三が入った。また、武田元明らは、丹波長秀の本拠佐和山城を奪った。そこへ降《くだ》ってきた山崎源太左衛門をこめた。

七日には、安土城にあった光秀のもとへ、神祇《じんぎ》大副の吉田兼見が勅使としてやってきた。

〈禁裏守護職〉

の下命である。

近江の平定、とりもなおさず琵琶湖制海権を確保したうえ、朝廷にこんどの行動を認められたのである。動き出した光秀に、光明が差したかに見えた。

光秀はそして、ふたたび坂本へ帰った。安土には、一族の明智光春を入れた。

五

じつのところ、かれのこの一連の配置は、一国ないし二カ国の防備のためのものである。とても天下に号令する〝天下殿〟の姿ではなかった。

ぼんやりした不安が、徐々に明らかになってきた。

かれの五女を妻としている津田信澄が、神戸信孝と丹羽長秀によって攻められ、大坂で殺された。近江では、日野の蒲生賢秀父子を招こうとして失敗した。

なによりの痛手は、細川父子の拒絶である。娘聟である忠興の如きは、光秀の書状を読んで大いに憤り、使者を斬り捨てようとしたくらいだった。

筒井順慶は、しぶしぶ承諾の模様だったが、どこまで従うか、不明だという。あてにしていた者たちの帰属はなにもなかった。

そこへ、驚くべき情報が入ってきた。

〈羽柴秀吉、大返し〉

である。

秀吉は、素早く毛利と和睦し、六日に兵を引き揚げ、八日には姫路城へ入ったという。光秀がちょうど、いくぶんの光明を見出し、坂本城へ入ったときである。

すでに、情報を待つことはいらなかった。秀吉の先陣が、早駈け早駈けし、

〈主殺し光秀を討つ〉

と揚言しながら、進んできている。山陽道から摂津にかけ、秀吉軍がひきも切らず続いているという。

それ自体、秀吉の下卑《げび》た宣伝だが、このさい下卑た宣伝こそ、もっとも効果があった。

高山重友、中川清秀らは、早くも秀吉軍に参加したというし、河内へ出陣するはずの筒井順慶も、秀吉に応じて、自城郡山にこもったまま動かないとも聞く。

九日、光秀は重ねて、細川父子に書状を送った。

「われら不慮の儀、存じ立ち候こと、忠興など取り立て申すべきとての儀に候。さらに別条なく候」

などといった文意がみえる。

思いがけないことを決行したのは、忠興らを取り立てるためで、別に野心があるわけではない。どうか、しばらくの協力を願いたい……

もはや弁解と泣き言のようになっている。そして、〝思いがけないこと〟と、ほろり、真意が出た、とも思えるものだった。

むろん、返答はなかった。

〈あの魔王に、なぜ義理立てするのか〉

光秀は爪を噛んで口惜《くや》しがった。才智者の光秀だが、魔王を必要とした時代であることを、つい失念していたのかもわからなかった。

確実に秀吉軍の足取りを摑んだのは、十日のことだった。

前日、秀吉軍の一隊が、淡路島に渡り、洲本《すもと》にいる光秀方の菅平平右衛門を攻め、夕刻には秀吉自身は兵庫に入ったという。

「いよいよ来ましたな、筑前殿が」

斎藤利三が豪快に、一見のんきそうにいった。この男の勘が当たったと思った。

もっとも、光秀の心の底には、奇妙な競争相手、羽柴筑前の猿面が、消えることなくこびりついていたのは事実だった。

その日、京に入っていた光秀は、洞《ほら》ヶ峠に布陣した。これはもっぱら、郡山城にこもって動かない順慶を呼び出す陽動作戦だったが、順慶はひそとも反応を見せなかった。十一日の午前、秀吉は尼ヶ崎に布陣した。そこで、神戸信孝・丹羽長秀・池田恒興らの参陣を待っているらしい。

もうこのころは、敵味方の動きがすぐに伝わってくる。秀吉はとくに信孝の参陣を待っているのだろう。信長の係累を立てたいのだ。

そして、そのときが開戦になるだろう。

それは明日か、明後日か。場所はどこか。

光秀は順慶の参陣をあきらめ、洞ヶ峠から陣を撤し、下鳥羽に退った。また、山崎にこめておいた溝尾勝兵衛の一隊も撤兵させた。

そうしておいて、淀城をあわてて修復させ、勝竜寺城にも兵を加えた。

こうして、おのずから決戦場の姿がうかびあがってきた。つまり、本陣を下鳥羽に置き、前線拠点を勝竜寺城に、淀城を右翼拠点に、というふうである。

そこへ秀吉軍が達するには、右に淀川の流れがあり、左手に宝寺・天王山の山手《やまのて》が突き出していて、一種の隘路《あいろ》になっている。兵力の少ない光秀軍は、そこで迎撃するつもりなのだ。

その隘路のあたりを山崎という。

六

十三日、秀吉軍は、信孝・長秀を迎え、布陣が成った。

左翼の山手には、羽柴秀長・黒田孝高・神子田正治らの主力。中央には、高山重友・中川清秀・堀秀政ら。右翼の川の手には、池田恒興・加藤光泰・木村隼人・中村一氏ら。後備《あとぞなえ》に長秀・信孝。最後尾に秀吉とその直属の馬廻り。

総計四万ともいう。そして最後尾を受け持つものが総大将である。秀吉は四万を率いる総大将である。

「ずいぶん多いな」

光秀は利三にいった。利三は、憤ったような顔をしてうなずいた。

秀吉が多勢を集めたということよりも、多い少ないを気にする光秀に対する不満である。

ときに、光秀方では、秀吉軍に対応していえば、右翼山手に松田太郎左衛門・並河掃部《かもん》ら。中央先陣には、斎藤利三・楽田源左衛門ら。本隊右翼に伊勢子三郎・諏訪飛驒守・御牧景重ら。同左翼に津田与三郎ら。後備に、御坊塚まで進出した光秀本隊がいる。

全軍一万数千ばかりである。長浜城の阿閉貞征、安土城の明智光春といった部隊は、間に合わなかったのだ。

もっとも、間に合ったとしても、ほぼ三分の一である。その兵力数よりも、勢いが違っていた。

〈主殺しを誅する〉

ということだった。

ことに、先陣を買って出た高山・中川勢の張り切りようは目ざましく、前夜すでに行動を起こし、高山勢は山崎の町を押さえ、中川勢は天王山を占拠した。

夜が明けると、夜来の雨で、重い霧が山と野と川をおおった。

光秀は動かない。あくまでも秀吉軍が隘路に出てくるのを待っている。むろん、それを察した秀吉も、積極的に動こうとしない。

「あれはなんという山か」

光秀は右方に盛り上がる山容を、よく名は知っていて、左右に訊《たず》ねた。

「天王山です」

「そこから攻めろ」

ちょっとした作戦の変更だった。前日にはなにげなく敵にゆだねた場所だったが、こうやって対峙していると、強い圧迫を感ずる。

〈できるなら、天王山を取り返そう〉

ということだった。

この作戦変更が、決戦の開始になった。光秀軍の右翼先陣が、天王山麓に向かって動きはじめた。応ずる秀吉軍左翼。

秀吉はしかし、この光秀の仕掛けを、動揺とみた。すかさず、右翼隊をもって光秀軍の左翼を急襲させ、ゆらぐとみるや、中央先陣に攻撃を開始させた。

迎え撃つのは、斎藤利三率いる中央軍である。光秀方の中核といっていい。

なにせ隘路である。敵味方の兵がたちまち充満した。もしかして明智方が勝機を掴めるかもしれない誂《あつら》え向きの様相になった。そんななかで、利三は奮戦し、なんども押し返した。

ときに、秀吉の右翼から突出した一部隊があった。加藤光泰のたかだか二、三百の部隊である。

これが河原を踏み渡り、しゃにむに駈け抜け、気がつくと久我縄手まで出ていた。そこは、光秀本陣のある御坊塚の背後だった。

前方の押し合いを眺めていた光秀は、ふいに陣営が背後から崩れるのを知った。僅《わず》かの部隊であることに気がつかない。たぶん、永久に気がつかなかったことだろう。

そこへ、秀吉が、充満する隘路に、つぎつぎに兵力を投入してきた。作戦にはない。少なくとも、光秀からいえば暴挙だった。

要するに人海戦術である。あとからあとから押し出して行く。背後の乱れと前面からの強大な圧力。光秀軍は退きはじめた。退くと、隘路の外へ出る。すると、兵士たちは散りはじめた。散りはじめたら、そして、もうとどまるところを知らない。

光秀は、いったんは勝竜寺城に入ったが、こんな小城ではとても支え切れるものではない。

「お退きなされ」

利三がいった。

「坂本なり、安土なりに戻られて、再起なさるもよし、もしくは」

そこで言葉を切った。聞かなくてもわかっている。

〈心静かに、腹を召されよ〉

という意味である。そして、つけ加えた。

「筑前殿は、やはり強運ですな」

くったくない声だった。

その夜、光秀は溝尾勝兵衛ほか数人の近臣と、勝竜寺城を出た。久我縄手から伏見、大亀谷を経て、桃山北方の鞍部を越え、小栗栖《おぐるす》という在所へ出た。

藪道にかかったとき、つと脇腹に痛みが走った。とたん、

〈おのれキンカ頭め〉

そんな声をきいたような気がした。

感状——渡り奉公人・結解勘兵衛の最期

「蹄《ひづめ》の音が、ずいぶん減ったようだ」

明智光秀がいった。

しかし、かれはうしろを見返りはしなかった。僅か、五、六騎になった敗残の姿を確かめたくなかったのだろう。

「ここは、どこだろう」

また、光秀がつぶやいた。

「小栗栖というあたりで……」

だれやらが応《こた》えた。聞きようによっては、めんどうくさく、投げやりの口調であった。

「そうか。少し、急ぐか」

光秀は鞭を入れた。

馬が一と声いないて駈け出した。が、五、六騎の従者はすぐにはつづかなかった。多少の間隙があいた。それを詰めたと思ったとき、光秀が馬上でなにか叫んだ。なにをいったのか、よくわからない。

竹藪から槍が出ていた。暗く雨を含んだ夜だが、穂先から黒い滴がしたたっていた。雨水でなかったとしたら、光秀の血であろう。

相手は武士ではなく、土民であろうことがすぐにわかった。土民はしかし、ときには武士よりたちが悪かった。かれらが落武者を襲うとき、情け容赦もなかった。まるで、それまでの鬱屈を、その落武者に対して吐き出すようにする。

それに、たいがい人数が多かった。相手にするにしても始末が悪かった。

「勘兵衛」

馬を下りて、光秀を介抱した男が、後尾にいた結解《ゆげ》勘兵衛に呼びかけた。進士作左衛門という股肱《ここう》の士の声のようだ。

「われら、天下さまを奉じて走る。おまえ、しっぱらいしてくれるか」

「承知」

勘兵衛はぶっきらぼうに答えた。この期に及んで〝天下さま〟はなかなか笑止である。もっとも、いまを措《お》いてそんな呼称は、たぶんできないだろう。

「しんがりは辛かろうが、死を急がず、できるだけ頑張っていてくれ」

「承知」

勘兵衛はやはりぶっきらぼうに答えた。だれが死に急ぐものかと思う。が、その口調は、このさいかえって頼もしく思わせたかもわからない。

〝天下さま〟主従は、一散駈けに駈けて行った。藪の向うの暗い行手に向って……

とたん、槍の穂先が何本も出た。錆《さ》びた刃もあったし、竹槍もあった。一人になった勘兵衛をそろりそろりと取り囲んでいるようだ。

「くるなら早くこい。来ぬなら、わしは去《い》ぬぞ」

勘兵衛はゆっくりいった。すでに馬首を廻らしている。

土民どもは、ほんの少し出た。穂先のふるえているのがわかる。臆病で、未練な槍。けれども、現に光秀は、そのふるえる穂先に刺されている。

勘兵衛は用心深く、しかし笑っていった。

「恩賞が欲しかったら、あちらへ去った連中を追え。手負いだし、しかも大将だ。が、このわしはいかん。うぬら何十人いても負けぬし、万一やられても大した手柄にはならん。だいいち、この武具は安物だ」

「逃げるのか」

土民の頭ぶんらしい男がいった。

「逃げるとも」

「不忠義者」

小賢しい。しかし、当っていないこともない。

勘兵衛はだいたい、光秀のあとを追うようにして、北淀から深草を逃げだしてきた。一人では、やはり敵の囲みを破るわけにいかない。だからといって、土民の小賢しい言い草に感心してはおれなかった。

目の先に延びてきた槍を引っ張りこみ、しがみついてくるやつを、一と太刀。いちどきに土民どもは散った。

「去ぬぞ」

勘兵衛はいまきた道を、馬を走らせた。もとよりだれも追ってこない。

桂川の堤の陰で、少しまどろむ。久我縄手の近くらしい。勝竜寺城のあたりに火の手が見える。光秀はもともとそこで自害すべきであったろう。

白々明けの南のかなたに、軍勢の向ってくるのが見える。旗印は亀甲紋。追討軍の先鋒、堀久太郎にまぎれもない。

勘兵衛は一つ二つ頷いた。予期通りという思い入れである。堀勢なら、定めしその先駈けに母衣田《ほろた》左門がいるだろう。左門がおればよし、いなければいないでよし、と思う。

勘兵衛は馬足を停めて、悠然と近づく一団を見守っている。もっとも、悠然というのは勘兵衛の勝手な思いであって、眺める方からは孤影悄然、といった姿に映ったかもわからない。

釘抜き紋の指物が見えた。左門である。やはり、先頭を小駈けしている。勘兵衛は手を上げた。

「ばかな真似をする」

駈け寄った母衣田左門がいきなりいった。

「そうかな」

勘兵衛は左門と馬首を並べて歩んでいる。明智追討の先鋒のような顔つきになっている。その姿は、ずっと以前からそうであったかのように自然である。

「わしがおらねば、討たれているぞ」

「討たれやしないさ。死んでたまるか」

「おまえは今もって」

と左門は戦塵に汚れた朴訥《ぼくとつ》で、愛嬌のある顔を向けていった。

「日野の若さんのことを根に持っているのか」

日野の若さん、とは、蒲生忠三郎氏郷を指す。勘兵衛も左門も、もと蒲生家の家来であった。左門は氏郷の親、賢秀と仲違いして、蒲生家を出た。

勘兵衛は少し、違う。氏郷が織田信長の近侍になった翌年、南伊勢の大河内城攻めに従った。ときに氏郷は初陣で、十四歳。

初陣の若大将には、譜代の士が付添う。手柄を立てるよう、とり図るのである。これを〝取飼う〟という。

そのおりの取飼う者は、結解十郎兵衛、ならびに種村伝左衛門の二人。勘兵衛は十郎兵衛の伜《せがれ》で、氏郷と同年であった。氏郷が初陣なら、勘兵衛も初陣である。

首級《しるし》を一つ、勘兵衛があげた。おやじの十郎兵衛が、

「若よ、よく討ちなされた」

と、大声をあげた。伜の勘兵衛が討取ったことを、いやほど知っているにもかかわらずに、である。

取飼う者は、首級をあげてやってもいい。貰い首であってもいい。だから、そのとき勘兵衛はせっかくの首級を横取りされるのに、さほど抵抗はなかった。

ただし、誇りがましい思いになっていたようだ。そのあまり、恩着せがましい顔色になっていたかもわからない。

が、氏郷はそっけなかった。

「猪口才《ちょこざい》な貰い首は要らぬ」

首級が投げ出された。どこのだれとも知れぬ首が、血と泥にまみれて、ごとごとと音を立てて転がった。

「おまえにゃ、武功がないからな」

おやじが耳元でささやいた。武功者なら貰い首でも受取ったかのように聞える。少しも慰めになっていなかった。

「手柄を重ねて、改めて見参申す」

と、若い勘兵衛は叫んだ。氏郷に対していったのか、おやじにいったのか、よくわからない。ただ「手柄を重ねて」という言葉が、業《ごう》のようになって、血肉に埋まっている……

「根に持っている、というのではなさそうだ」

と、勘兵衛は覗《のぞ》きこむ左門に答えた。

「どちらかといえば、慕わしい」

「わしも今さらながら慕わしく思っている」

左門がうなずいた。その言葉は月並か、そうでなかったら追従のように聞えた。

「いずれ帰参するつもりだろう」

「そのためには手柄を立てねばならぬ」

「かなり働いた噂《うわさ》を聞くぞ」

「噂ではだめだ。こうして」

と勘兵衛は横腹を一つ、ぽンと叩《たた》いていった。

「感状を貯めこんである。甲州武田のものもあれば、本願寺の坊主のもある。もちろん、三日天下の光秀のものもぬかりはない」

「そうか」

と左門は笑っていった。

「ところで、おまえの望みはいくらだ」

「いくら」

「そうだ。うちの大将ははっきりした仁だ。いくら欲しいとはじめからいった方がいい」

「わしは、なにも堀久太郎に奉公したいとはいっていない」

「それならなんだ」

「北国道へ出して欲しいだけだ」

「柴田か」

左門は勝手にうなずいた。

先日まで、柴田勝家を総帥として、前田利家、佐々成政、佐久間盛政らの手勢を従えた北国勢は、越中魚津で上杉勢と戦っていたはずである。本能寺の変以後、どのような動きをしているか不明だが、明智攻めに姿を見せないところを見ると、まだ北国にうろうろしているのではないか。

「北国勢に加わるつもりだな」

「そうなるかもしれぬ」

「それもよかろう。つい昨夜《ゆうべ》まで敵味方であったところへ奉公するのは、やはりおかしい。それに、わしもおまえにこられると、手柄が減るようなことになる」

それがこの朴訥な男の僅かな戯《ざ》れ口であったろう。

二人の士は、黙然と馬首を並べて進んだ。明け放った空の下に北国道が見えてきた。

「では行くぞ」

「ああ」

左門はうなずいた。

「いずれ、会うこともあるだろう」

「たぶん。つぎは、羽柴と柴田の衝突だろうと、もう京雀の口が喧《やかま》しい。そのときまで達者で暮らせ」

はしなかった。

「おぬしもな」

勘兵衛は小駈けに駈けさせた。二度と振り返ろうとはしない。左門もとくに見送ろうとはしなかった。

一期一会、こういう言葉があると勘兵衛は思った。もう会わないかもしれないし、会うかもしれない。会っても、味方であるか、敵であるかわからない。会うたびが正念場だと思うしかないだろう。

向うから、一団の武者がやってくるのが見えた。安土から急ぎ坂本へ向おうとする明智左馬助の別隊のようである。

「いずれへ参る」

一人が槍の穂先を突きつけた。

「光秀公の命にて、北国衆のもとへ。名は結解勘兵衛」

「結解勘兵衛どのといわれるか」

相手はすぐに槍をおろした。光秀の名と北国衆の名が効果あったようである。

「して、天下さまは」

「坂本へ向かわれた」

もとより嘘である。が、死んだ光秀の魂魄は、もしかしたら〝天下さま〟の粧《よそお》いで坂本へ向っているかもわからない。

「されば、北国衆によしなにお伝え下され」

「承知」

勘兵衛はおうように応じた。かれらは、援軍を頼みに北国へ向うものと思っている。

――四面楚歌
こういってやりたかったが、無駄なことだと思い直した。戦いたいやつは戦い、死にたいやつは死ねばよい、と思う。

越前に入った。休みやすみきたが、馬もずいぶん疲れているようだった。その馬に、勘兵衛は一と鞭入れた。

ほかでもない。往還の向うに、男どもの一団が、武家の娘らしい二、三人連れを取り囲んでいるのが見えたからである。

「どけ、どけ」

勘兵衛は半町も先から怒鳴った。

男どもはしかし、勘兵衛の武者姿を見ても、一向に驚かないようすであった。夜暗に乗じて、落武者を狙《ねら》う土民とは異なっていた。

むしろ、勘兵衛の姿を見ると、これ見よがしに娘の従僕らしい男を斬り捨てた。

刃がきらめき、血煙りが上った。野伏《のぶせ》りの類いかもわからない。

娘は蒼ざめながら、気丈夫に立っていた。その娘を、兜《かぶと》をあみだにかむり、前をはだけて下帯を垂らした男が、背後から抱きすくめた。近づく勘兵衛に、娘を人質のようにして見せるのではなく、まったく勘兵衛を無視し、はじめからそうしたいと思っていたことをしたにすぎないようであった。

勘兵衛はものもいわず、そいつに手槍を投げた。当然ながら、その前に密着している娘がいる。少々の手元の狂いで、串刺しにならないともかぎらない。

が、そいつの胸板に槍は刺さった。あみだの兜は転がり、そいつは眼玉をむいて仁王立ちになった。その足元に娘は崩れるようにうずくまった。不逞《ふてい》の男どもではなく、勘兵衛の投げた槍の勢いを怖れたように、である。

残った連中は、しばらくぼんやりしていた。それから慌てて、うずくまった娘に刃を突きつけた。

「こいつを、斬る」

一人が喚《わめ》いた。今度は明らかに娘を楯《たて》にしている。単純な知恵というものである。

勘兵衛はしかし、やはり無言で、一人、二人と太刀を揮《ふる》って斬った。太刀は今日の戦さで欠け、脂をおびてはいるが、太刀それ自体、斬れ味より豪力を要求する。男どもの脳天がざくろのように叩き割れた。

「こいつを斬るぞ」

刃を突きつけたやつが、娘の囲りを廻りながら喚いた。その喚き声がふるえ出しているのがわかる。

勘兵衛は見向きもせず、また一人を打った。気がつくと、そいつ一人になっている。

「かんべんしてくれ」

そいつが刃をほうり出して、地べたに坐《すわ》りこんだ。相手は、娘が死のうが生きようが、一向に構わぬ男であるらしい。ようやく、本然の哀願に気づいたようであった。

が、勘兵衛にとって、そんな哀願はまったく無駄というものであった。ゆるゆると、しかし剛強な太刀が打ちおろされた。

娘はじっと動かずにいた。杖と笠が、何事もなかったように、道ばたに置かれてあるのが、このさい奇妙に思えた。

「女」

勘兵衛は娘の襟髪に手をかけた。が、引き起こす必要はなかった。自ら体を起しかける。よほど気丈夫な女であろう。

「どこへ行く」

「府中まで」

さすがに、声は絶え入るように小さい。その唇にも生気はない。

「府中といえば、前田どののところだな」

「はい」

「見た通り連れは死んだ。よければ、わしが同道してやる。いやなら勝手に行くがいい」

「参ります」

と、娘は軽く会釈した。「参ります」だけでは、一緒に行くのか、一人で行くのか、わからない。が、勘兵衛は当然、同道する意味にとっている。

「それなら、馬に乗れ」

「はい」

娘はうなずいた。はじめから、そのつもりであったのだろう。ただ、「願います」という言葉を、みだりに吐かない強悍《きようかん》な性《さが》であるらしい。

勘兵衛は娘を馬上に抱き上げた。軽かったが、緊張したのだろう、身体がぴくりとふるえた。

どちらかといえば、不快でない感触のはずである。ことに、ぷりぷりと動く腰のあたりの堅肉《かたじし》が、生温かく、微妙である。

勘兵衛はしかし、不潔なものに触ったかのように、怒った顔をした。そんな顔で馬の口をとった。照れ隠しといえぬこともない。

「前田家の奥村助十郎の娘、ともです」

娘は馬上で、小さく名乗った。

「それがどうした」

勘兵衛は吐き出すようにいった。

奥村助十郎は前田利家家中で、名のある武士である。利家はまだ越前府中と能登七尾を預かるだけの身代だが、良士は多いと聞く。

ことに奥村は聞えている。勘兵衛はいわゆる渡り奉公人である。渡り者は、当然ながら、このような風聞に詳しい。

勘兵衛はしかし、そのような武士と偶然とはいえ、知り合う機会を得たらしいことに、なんとはない迷惑を感じた。不純な野心で娘を救ったように見られる怖れがある。

が、ともは勘兵衛の心の内を忖度《そんたく》せず、

「京へ参っておりましたが、つぎつぎ起る戦さのため、長く足停めを受けたのです」

と、くったくなく話しかけてくる。

「女の身で勝手に他出できない世の中だ」

勘兵衛はなおも、怒った口調である。

「お寺参りがいたしたくて」

「寺参りがなんになる」

「お武家にはわかりますまい」

「わかるものか」

「それでは、天下が早く治まって欲しい気持もわかりますまい」

「やすやすと天下が治まってよいものか」

「同じでございますね」

「なにが」

「父と」

勘兵衛はいよいよいけない相手を拾ったと思う。この女、わざわざ京くんだりまで寺参りをねだる我儘《わがまま》者である。口で平和を望みながら、戦乱を好む男を父に持っている。勘兵衛のことを、どのように報告するか、ほぼ察しがつく。

「あなたが」

と、ともは勘兵衛の不安を裏打ちするようにいった。

「あたしを救ってくれたことを母者に申し上げます。そして、家中へとりなしていただきます」

「要らぬことだ」

「なぜでしょう」

「わしは女の縁に連なりたくない。それに、別にそなたを救おうとは思わなんだ。ただ、あいつらを斬りたかっただけだ」

じじつ、そうだと思う。もし、野伏りどもの刃にともが刺されていたとしても、なんの後悔もなかったはずである。

「でも、こうやって助かっています」

ともは白い歯を出して笑った。いつのまにか、生気がよみがえっている。血の気の差した面は、思いもかけず美しい。勘兵衛はかたくなに見ようとはしなかった。

府中の城には、ごく小人数の留守兵がいた。あとは利家の室以下、各家来の家族達であった。要するに女房、子供ばかりの城である。

――これは……

勘兵衛は舌打ちを連発した。苦手なのである。

ちょうど、巽《たつみ》の橋の下で、年かさの女房達が柵の手入れをしていた。それぞれ、たすき、鉢巻をし、裾を端折《はしょ》っている。甲斐がいしいが、とくに悲壮感はなかった。

だれかが面白いことをいうらしい。明るい笑い声がときどき起っている。和気あいあい、という風情がある。

ともが小走りに駈けて行った。

「そなた、よく無事で」

女房達がともを取囲んだ。うち一人が、ともを抱きかかえるようにした。母親、つまり奥村助十郎の女房なのであろう。

いくぶん離れて、にこやかに眺めていた一人の女房が、

「いま、みんなでともさんのお墓を造っていたのだよ。小さく、可愛らしいのを」

といった。みんなは明るく、くったくなげに笑った。墓の話は、多分作りごとであろう。

ともが所在なげに立つ勘兵衛の方へ戻ってきて、ささやいた。

「殿さまの奥方さまです」

「前田どのの」

勘兵衛は、軽く会釈した。

かれら、渡り者には自ら持するところがある。相手の身分が上であっても、けっしてへ

り下ろうとはしない。常にだれかに反撥を感じている男どもである。このさい、ごく自然に会釈をしてしまっていた。相手が女であるというだけではなかった。かつて覚えぬ異質の魅力がある。

利家の室は、羽柴秀吉の仲立ちで嫁入りした。利家と秀吉は朋友であり、その室同士も仲がいい。そんな風聞もまた、勘兵衛の記憶にある。名をまつという。

そのまつが、いまほどの笑いをそのまま口辺に残しながら、歩み寄ってきた。

「よい男ぶりです。その無精髭を剃《そ》れば、一段と男ぶりが上がりましょうに」

いきなり、こんなことをいうのである。

勘兵衛は思わず、おのれの髭面を撫でて、にやりと笑った。こんな気分は生まれてはじめてのものであった。

いつも、死生闘争の上におのれの身をおいている。そうすることによって、おのれを確かめているような暮らしである。

どうもいけない。ふわりとはぐらかされた思いである。

「殿は七尾の城に入られたそうな。そなた、ここで待つか、それとも七尾へ参られるか」

まつが訊《たず》ねた。その口ぶりは、勘兵衛をすでに家来にしてしまっているかのように聞えた。それも極めて温かく、優しく、である。

「いいや」

勘兵衛はいま笑いを浮べたのを後悔するように、慌てて渋面を作っていった。

「わしはなにも、仕えたいと申してはいない」

「そう。そうでしたね」

まつはこういって、頓狂とも思える笑い声を上げた。

「おかしいですね。いわれればその通り。どうしたというのでしょうか」

「わしもわからぬ」

勘兵衛は、ややもすればゆるもうとする心を締めつけて答えた。

「ま、お好きになさい。縁というものは、いつでも人と人とをつなげることができます」

「かもしれぬ」

勘兵衛はだれにともなく、会釈した。ことさら肩肘張って歩く。その背に、ともの視線を感じたが、かれはいつものように、二度と振向きはしなかった。

府中を出るとすぐ、勘兵衛は髭を剃った。なぜかよくわからない。まつの言葉のうち、もっとも抵抗の少ない戯れ口だけを聞いたことになる。

が、剃り立ての頬が風に快かった。のみならず、意外に若々しく美しかった。もっとも、勘兵衛自身、美醜の感覚はあまりない。

まもなく、北ノ庄であった。柴田勝家がそこにいる。

勝家は光秀を討つべく、慎重に策を立てたが、出発しようとしたとき、すでに秀吉が光秀を討ったという告らせ《し》が入った。やみくもに突っ走る成り上がり者の秀吉と、慎重すぎる宿老としての勝家に、僅かの差があった。この僅かの差が大きい差異に変ることを、まだだれも気づいていないようであった。

その勝家麾下《きか》に、桑田権兵衛がいた。本願寺一揆に籠っていたときの合口《あいくち》である。

「なんだ、その顔は」

権兵衛は訪ねてきた勘兵衛に、いきなりいった。権兵衛は黒ぐろと頬髯をたくわえ、その髯の中から大口あけて、なじっている。

「おかしいか」

勘兵衛はすべすべした頬を、改めて撫でてみた。

「おかしいともさ。それを青左衛門というのだな。明智のキンカ頭のところにいると、みめかたちまで惰弱になると見える」

勘兵衛は低く笑った。もとより、どう説明のしようもない。

「ところで」

権兵衛は土師器《はじき》をとり、瓶子《へいし》の酒を注ぎながらいった。

「ここへきたからには、奉公のつもりだな」

「そうとはかぎらん」

「理屈をいうな。わしがとりなしてやる。おまえほどの男を、大将がいやというはずはない。万一、知行に不服があったら、わしの半分を呉れてやる」

「おまえの知行を減らしたところで仕方がない」

「ま、それは話だ。うちの大将は、故右府さまに代り、天下を統《す》べる人だ。奉公して損はないぞ」

「なるほど、損はあるまい。渡り奉公人にとっては、そんな家中が望ましいだろう。おまえ、ついのねぐらを見つけたようだな」

「だから、おまえにもすすめているのだ」

権兵衛は勘兵衛を並の渡り奉公人だと思っている。

「ところが、わしの考えは少し違う」

「どういうことだ」

「天下を取るやつと取れんやつがいる。たいがい運がつきまとう」

「明智のことをいっているのだな」

「一つの例だ」

「明智は明智、柴田は柴田だ。格が違う」

「格で天下は取れん」

「それならそれでいい。わしら、主人に天下を取らすために働く」

「違うな」

「どこが違う」

「人間はやはり、おのれのために働くのだろう。それなら、なにも天下を取るやつを探し廻る必要はない。喜んで死ねるところを求めるべきではないか」

勘兵衛はいいながら、空ぞらしい理屈に自ら照れた。思えばかれはなにも喜んで死ねる主人を探してなぞはいない。もしあるとしたら、蒲生家へ帰参するばかりなのだから……

「殊勝げな理屈だ」

権兵衛はこういって、何杯も何杯も酒を飲んだ。見るまに髯面が赤くなった。

「明智というのは天下の逆臣だ。おまえはその家来であった。どこにそんなやつを傭うやつがいる」

だから、勘兵衛の身の上を案じている、そんな意味だろう。いい男である。これ以上、怒らせてはならないと思う。

「わしがここへ訪ねてきたのは、ある男の評判が聞きたかったからだ」

勘兵衛も土師器を取り上げていった。

「ある男とは、だれだ」

「前田利家」

「前田か……」

権兵衛はいくぶん当惑げに唸《うな》った。が、眼はあらぬ一点を睨《にら》んでいる。

「どうした？」

「なんでもない」

と権兵衛はしだいに伏眼がちになっていった。

「なんでもないが、前田のやつ、近ごろずんと評判がよいのだ」

「それが不服のようだな」

「その通り。われら北国衆には、佐々もいる、佐久間もいる、いずれも柴田を盛り立てる男どもだ。が、前田はいささか外れている。あれは、羽柴と通じている」

「信がおけないのか」

「そうではないのだ。じつはうちの大将が、もっとも信頼しているのがあいつだ」

「おかしいではないか」

「だから、困惑している。あちらにも、こちらにも信頼されるという人間があってよいものか。しかも、人はあいつの律儀《りちぎ》さを賞《ほ》めている」

「不思議な律儀だな」

勘兵衛は笑った。髭のない頬に、それは涼しげに映った。

「それでおまえは」

と、権兵衛は勘兵衛の涼しげな笑顔を睨んでいった。

「その前田のところへ行こうというのだな」

勘兵衛は黙っていた。おのれでもわからない。

「行けい。行け行け」

権兵衛は瓶子に口をつけた儘、酒をあおり始めた。どうやら荒れてきそうだ。勘兵衛は静かに北ノ庄を出た。その仕草は〝青左衛門〟の相貌に、むしろふさわしかったろう。

勘兵衛は加賀の尾山を通り過ぎた。ここには佐久間盛政がいる。荒々しい城下の気風が伝わった。

もしかしたら、勘兵衛と同質の匂いであったかもしれぬ。そのゆえに、なんの興味もなかった。反撥する不快さがあった。

そうかといって、足はそのまま、前田利家のいる能登には向かなかった。加賀から越中に出る。越中には、佐々成政がいる。佐久間と同質の匂いである。やはり通り過ぎる。

二年、経った。勘兵衛は上杉家にしばらく足を停め、奥羽を一巡して、ふたたび越中に戻ってきた。なにかに魅《ひ》かれ、魅かれた心を見定める二年間のようであった。

その間、羽柴秀吉は、柴田勝家と戦って、大いに破っている。ついのねぐらを得たと思っていたに違いない桑田権兵衛も、たぶん討死してしまったろう。そして、不思議な律儀さを保つ前田利家は、加賀・能登の領主として、加賀尾山城に在る。

越中路はすでに秋であった。淡い陽差しが照らしている。勘兵衛は道を海沿いにとった。つまり、直《じ》かに加賀へ入るのでなく、いったん能登へ入る。

いま、佐々と前田は、国境いで取り合いの最中である。互いに防備を固めている中を、勘兵衛といえどもやすやすと突破できない。もっとも、突破すべき意味もない。

勘兵衛はいつのまにか伸びている髭を掻いてみた。陽焼けした匂いが、髭の間からただよった。懐しい男の匂いであると思った。

――もう一度、剃るか

勘兵衛はせっかくの男の匂いを消そうと考えついた。それがどうやら、前田家の領国へ入るときの儀礼のように思えたからである。

このとき、傍に小さな砦《とりで》のあることに気づいた。形ばかりの石垣と空濠、土盛りした堤。なんの変哲もない出城である。

人気《ひとけ》もなさそうである。前田方のものか、佐々方のものか、わからない。

勘兵衛はゆるゆると坂を登った。実際に足を運んでみると、坂は思いのほか急であった。のみならず、少しずつ人影が見えてきた。

静かであった。じっと見つめているにすぎない。不気味でなくはなかった。いつ、矢弾が飛んでくるか、わからない。

坂を登り切ると、井楼《せいろう》を組んだ櫓があった。その下に、武具をつけた男が一人、腰を下ろしていた。はじめて、そいつが勘兵衛を誰何《すいか》した。ただし、槍を立てることもしない。

「どなたじゃな」

あくまでも静かな声であった。

「結解勘兵衛。ただいま牢人でござる。城の不思議なたたずまいに魅かれてまかり越した」

「うちの大将に会われるか」

「できるなら」

「大将をご存知かな」

「知らぬ」

その男は、ふっと笑った。

「ここは阿尾の城。預かるは前田慶次郎殿」

「そうか」

勘兵衛は何度も何度もうなずいた。

慶次郎は利家には甥だが、豪快奇行をもって鳴る一野人として、より名高い。かねて戦さ仲間からいやほど耳にしている男である。すでに伝説上の人物、といってもいい。

「ぜひ、会いたい」

「それなら」

男は黙って、井楼の上を指さした。

「あそこか」

「さよう」

「勝手に上ってよいか」

「よかろう」

その男はうなずいて、また腰を下ろした。まことに悠長な振舞いである。

勘兵衛ははしごを伝って、しだいに高く、そして揺れる井楼の上辺に向った。すると上方からいびきが降ってくるように響くのがわかった。慶次郎に違いない。

「や」

勘兵衛は当惑した。登り切ったところに、大の男がこちら側に股間を拡げて寝そべっている。その股間から、巨大な睾丸が垂れ、いびきとともに、盛り上がり、また沈んで波打っている。

「結解勘兵衛、参る」

慶次郎はゆるりと眼を開け、すぐに閉じていった。

「ここで一寝入り、しろや」

眠たげであった。そこからは、青く連なる海原が望まれる。風も心地よかった。なるほど、居眠るのに恰好《かっこう》であった……。

慶次郎は、いったいなにを考えているかわからない。暇さえあれば井楼に登って寝ている。勘兵衛はそんな男の朋友とも、家来ともつかずに阿尾の砦に棲《す》みついた。秋風がいくぶん寒さをともなっても、慶次郎は変わらなかった。砦のたたずまいも別に変わらなかった。

国境いのあちらこちらでは、前田、佐々の小競合がつづいていた。ここだけがぽっかりと忘れ去られたように静まり返っている。

「これでよいのか」

勘兵衛がいった。

「よいのだ」

慶次郎はからからと笑っていった。

「わしはおのれで天下を取ろうと思っていた。それだけの力があると思っていた。が、時期が悪かった。三十年、早く生れてこなければならなかった。いま、わしが働けば、叔父御の功名手柄になる。だからわしは動かぬ。叔父御が憎いのではない。わしは人のために働くのを好かんのだ」

こういうのを拗《す》ね者というのであろう。それも途方もない拗ね者のようだ。たぶん、義理も人情もなんの役にも立つまい。

その日、佐々の大軍が動いた。柴田方の唯一の生残りである佐々勢は、不思議な律儀さを保つ前田を討とうというのだ。それはとりも直さず、秀吉に一矢報いることでもある。が、阿尾の砦はまったく無視された。僅かに、牽制のための小人数がなんとなく、近くに出没したにすぎなかった。

「末森城を攻め落そうというのだ」

慶次郎は相変わらず寝ながら呟《つぶや》いていたが、突如、起き直って勘兵衛にいった。

「おまえ、末森城の守将を知っているか」

「知らぬ」

「奥村助十郎という男だ」

「それがどうした」

「一族郎党、すべて籠っている。とも、という娘もいる」

慶次郎はこういって、にやりと笑った。ともとの旧縁を承知しているようだ。この男、毎日寝転んでいながら、どのようにして調べたのであろう。

「おまえ、行け」

「なんのためだ」

勘兵衛は肩を張り上げた。

「女子のために一と働きするのも、風情のあるもんだ。阿尾からの援軍じゃといえ。ただし、ただ一人の援軍だ」

慶次郎はしかし、ちゃんと案内者をつけてくれた。有無はなかった。巨《おお》きな拳で、勘兵衛の尻をどんと打った。その勢いのためのようにして勘兵衛は阿尾の城を出た。

尾根伝いに能登へ入り、末森へ急ぐ。佐々の大軍が旗をなびかせ、末森城を取り囲むほんの寸前、勘兵衛は城に入った。

「運がいいといおうか、悪いといおうか」

守将奥村助十郎は苦笑した。会うのははじめてだが、ずいぶん以前から知っているような思いがした。勇将の名に反し、色白で静かな男である。

「途中で討たれれば不運。ここで戦っても死ぬだろう。しょせん、いまとなっては、逃げ道もない」

「おもしろい」

と勘兵衛は答えた。

「これまで、わしは逃げ口のある戦さ場ばかりを駈け廻っていた。しかし、今度はおもしろい。運と力を二つながら試すことができる」

すでに、四囲はびっしりと佐々勢が取巻いていた。末森は能登と加賀の要《かなめ》の地点である。佐々はここを落し、前田勢を分断しようとしている。

たぶん、尾山に在る利家はこないだろう。動けば尾山自体が危なくなる。そんな中で小競合が続き、少しずつ兵が倒れて行った。日に日に、水や食糧がなくなってきた。

「もうしばらくの辛抱ですよ。尾山から殿さまが参ります。心ず、参ります」

勘兵衛が持ち場を固めていると、こんな女の声がした。

奥村の女房であった。いつか、府中の城で見たあの女であった。やす、という。

その言動は、利家の室まつのように、あせらず騒がず、沈静な風姿をたたえている。たぶん、まつの感化であろう。

つづいて勘兵衛は傍の木椀《まり》に、薄いが温かいかゆが注がれるのを見た。一口にそれを飲むと、また一杯、注がれた。

「かたじけない」

振り向くと、手杓を持っている女がにっこりと笑った。ともであった。

「そなたか」

ともはなにもいわずに笑っている。痩《や》せた顔に瞳ばかり大さく、なにかずいぶん大人びて見えた。

その笑顔を見たとたん、勘兵衛はふと、本当に利家がやってくる、と思った。

「尾山の大将はくる。きっと」

「そうですとも」

ともは当然、というふうにうなずき、手杓とかゆ桶を持って、つぎの持場へ廻って行く。なんのゆるぎもなかった。

信——ということが、これほど素朴に、美しく示された戦場は、かつて見たことがない。

勘兵衛は幾度もうなずいた。

ただし、ともとなにか話がありそうだという淡い予感は失せた。それでよいと思う。貝と鉦《かね》と刀槍のきらめきだけでよい。

突然、佐々勢の一角が崩れた。その崩れ目から前田の旗印が見えた。佐々の三蓋笠の印が割れて、前田の梅鉢の印がしだいに大きくなってきた。ことには、利家の馬印である鍾《しょう》馗《き》のまといがひらめいた。

「きたぞ。それ、打って出ろや」

奥村の城兵が、いちどきに打って出た。もとより、勘兵衛もいた。佐々勢は追い立てられ、利家と奥村は相擁して、喜び合った。

戦さが終ったとき、勘兵衛の姿はなかった。ともが、死体の間を歩き廻った。が、それらしい死体も見つからなかった。

明暦のある秋、江戸天徳寺内の塔頭《たっちゅう》、ちそう院という寺へ老人が一人、倒れこんできた。年のころは六十許《ばか》り、というがよくはわからない。自ら名乗って、もと蒲生家の家来、結解勘兵衛といった。

すでに天下は泰平であった。泰平すぎるほど泰平であった。寺僧はかつての豪傑になんの興味もなかった。

試みに、大老の井伊掃部《かもん》の伽《とぎ》の者になる気はないか、と訊《たず》ねたが、その老人はなにも答えず、ちそう院の軒下にうずくまっていた。小僧の焚《た》く落葉をあかず眺めていた。

四日目に、老人の姿がふと消《う》せた。落葉の焚火の間から、かの老人の着物の端が見え、焦《こ》げただれた手足が見えた。そして、妖しい焔が燃えさかっているばかりであった。自焼したのは明らかであった。

不思議なことが起った。落葉の間から、火焔に乗ってひらひらと紙片が舞い上がった。一枚、また一枚と、それはめくらましのようにして湧いて出た。

小僧の一人がその何枚かを拾った。が、かれには満足に読めなかった。諸々方々の、ずっとむかしの武家の〝感状〟、というものであった。

この焦身死した老人がまことの結解勘兵衛であったかどうか疑わしい。もし本物なら、とっくに百歳を越えている。が、勘兵衛の〝感状〟として、秋空高く舞い上がっていた。

放れ駒――関ケ原の行方を決めた小早川秀秋の裏切り

一

金吾中納言小早川秀秋。

豊臣秀吉の正室ねねの兄、木下家定の五男である。幼名は辰之助、長じて、秀俊と名乗った。秀秋の名は、小早川家を相続してからのちのものである。

三歳のとき、秀吉の養子となり、金吾、つまり、左衛門督に任ぜられた。以来、金吾の名称が生涯つきまとうことになる。

かれは、ずいぶん秀吉に寵愛されて育った。秀吉はかれがもの心ついたころ、すでに天下人であった。

天下人の寵愛は、よきにつけあしきにつけ、大きい。天下人の跡目と目される恍惚と、そうならなかった場合の失意を、ともにはらんでいる。どちらかといえば、不穏の気ぶりを宿していると考えるべきであったろう。

が、この天下人は、なんの斟酌《しんしやく》もなく、ひたすら鍾愛《しようあい》した。そのころ、ねねに与えた

消息には、いつも、

〈きん五、けなげに候や〉

などと認《したた》めており、よほど気にかけていたであろうことを偲《しの》ばす。

「おまえには子どもがいないのだから、金吾をわが子と思い、もっともっと可愛いがらねばいけない」

と、しょっちゅうねねにいっていたそうである。

なにも、ねねが秀秋をぞんざいに扱ったわけではない。むしろ、ねねのほうが秀秋を可愛いく思い、望んで養子分にしたのだ。ほんの赤児のときから引き取って、膝下に養育していたのだし、天正十年の本能寺の変のおりには、この乳呑児を抱えて、留守城の江州長浜を脱《ぬ》け出て、伊吹山麓の広瀬にひそんだこともある。

ただ、男と女の寵愛の仕方が、いくぶん異っていたというよりほかはない。あるいは天下人とそうでない者の違い、といっていいかもわからない。ねねはその亭主がいかに位人臣を極めようが、むかしの貧しく、素朴な生活感情を失わぬ女であったから……

ところで、当の秀秋には、養父母の寵愛や当然ながら寄ってたかって丁重に扱ってくれる囲りの愛情に、べつだん深い感慨はなかった。可愛いがられるのが当然であり、そうでないと気づいたとき、むしょうに苛立つ、といったていのものであった。要するに、もうどうしようもない、甘え、という性向が自然にでき上っていた。

もし、愛情に関する印象があるとすれば、ある絵柄が作る光景であった。それは、かりに題するなら、

〈春風群馬ノ図〉

とでもいうもので、作者はわからない。しいていえば、牧渓《もっけい》に似ていた。

当時、なぜか日本の趣味人のあいだに、南宗の画僧、牧渓の絵がもてはやされていた。当人は奇行で聞えており、その素朴すぎる筆致で描かれるところの竜虎や猿鶴などの図は、たしかに雅趣がないとはいえない。

けれども、画人としては二流以下であろう。それが日本では古今無双の名手ほどの評価になった。八幡船が大陸を侵して戻ってくるとき、茶碗や壺などに混って、必ず牧渓の絵があった。しまいに、偽物を掴まされるばかりか、日本の画人のうちにも、牧渓まがいを描く者が現れる有様である。

秀秋が眺めたふすま絵は、明らかにこの牧渓まがいと思われた。春草の萌《も》える野に、馬の群れがいる。なかに仔馬もいた。馬たちはどうやら、仔馬をみんなで見守っている。そんな絵柄なのである。

ねねは秀秋を膝にして、絵のなかの仔馬を指さしてよくいったものである。

「あれは、金吾どのじゃ。あれ、あのように、みんなでおまえさまを大事に大事に、見守っているのですよ」

秀秋はしかし、仔馬をあまりよく見ていなかった。仔馬が可愛いがられ、見守られるのは当然のこととして、それより図の端に、群れから離れて、反対のほうを向いている一頭の馬に、興味を覚えていた。よく見ると、そいつはなにか悲しげな眼をしていた。

「あれはの」

と、ねねはあるとき、秀秋の見つめる視線を追ってこういった。

「放れ駒、といって、怖ろしい狼どもが襲ってきたとき、仲間を助けるため、進んでおのれが身替わりになるのです」

本当かどうか、わからない。が、話自体、おもしろかった。秀秋はそのご、悲しげな眼をもつ放れ駒を見つめるたびに、ねねの話をよく思い浮かべていたものである。

このように、かれが可愛いがられていたかどうか、ということは、その〝春風群馬ノ図〟を思い浮かべることによって、僅かに実感となって伝わった。もとより、かれは守られるべきはずの仔馬であり、仔馬のために狼に喰われてしまう役割が存在するらしい事実によって、もしかして大事にされていたのではあるまいか、と考える程度にすぎなかった。

長ずるにおよんで、その変哲ない絵柄が、ふと思い浮かんで拡がることに気づいた。それはどうやら、変化や迷いの切点にさいしたときに限って、脳裡をかすめるらしいということも、おいおいわかってきた。奇怪だが、かれはべつに奇怪を奇怪と思わずに過ごしてきた。たとえ思ったところで、なぜそういうことが起るのか、わかるはずもなかった。

秀秋が小早川家を相続したのは、文禄三年のことだが、やはりあの絵柄を思い浮かべた。そして、

〈多少、馬どもの毛色が変るだけだ。大事にされることに変わりはないはずだ……〉

と、ぼんやり考えていた。

じつは、かれには実子のない毛利輝元のもとへ養子にいく話が、ないないで進められていた。そこへ、毛利の同族である小早川隆景が、突如、

「金吾さまを後嗣に頂きたい」

と申し入れた。隆景にも実子はない。

秀吉はこの隆景を信頼していた。もとより有無はなかった。それに、秀吉にはお拾い（秀頼）が生まれていた。一時は秀秋を後継者と考えたこともある秀吉だが、実子が生まれてみると、いくぶん途惑《とまど》った。それゆえ、鍾愛していた秀秋を、かねて信頼する隆景に託することになんの異存もなかったのである。

けれども、かれを養子に迎えた隆景の本意は、いくぶん屈折し、そして冷酷であるとい

わねばならなかった。

〈わが宗家へ、他家の血を入れてはならぬ。まして、金吾は生来、鈍、である。このような鈍物はわが手に貰い受けるにかぎる……〉

というのであった。

隆景は早くもこの少年に、甘ったれで、鈍なる性《さが》を見抜いていた。見抜いていて、なお小早川家の後嗣とした。

権力のかげに溺れたひ弱な大守ができ上った。その跡目は、筑前一国と筑後のうちを併せて、五十二万石。

二

慶長二年、秀秋は朝鮮征討の総帥として、大名四十余人以下、総勢十六万三千人を率いて、半島に渡った。ときに十六歳であった。

翌三年の蔚山《ウルサン》の攻防で、かれは自ら槍を執《と》って闘い、敵十三人まで斃《たお》した。この戦況は逐一、秀吉のもとへもたらされたが、少年総帥の働きの勇猛さのくだりでは、いちいちうなずいて喜色を示した、ということが半島にまで伝わった。

〈見ろ〉

秀秋は十六歳にしては小ぶりな体を、精一杯張った。叔父であり、もとの養父である以上に、隠れもない天下人である秀吉の喜びの顔が見たかった。

ほどなく、征討軍は一部を残して引き揚げることになった。総帥である秀秋は、鼻たかだかで伏見城に乗り込んだ。

秀吉はなぜか、渋面でいた。が、秀秋にはまだよく気づいていなかった。それに、戦況報告する合間に、太田一吉という者が傍からしきりに秀秋奮戦のさまを賞《ほ》め上げていた。

「金吾さまこのたびのお働きは、まこと目覚しいものでございます。勇猛にして果敢、自らお槍を執って闘われたこと幾度。お若いが、けなげな総大将として、称揚せざる者はござりませぬ……」

聞きようによっては、聞き苦しいほどのへつらいであった。秀吉気に入りの甥っ子を賞めて悪いことではない。それはとりもなおさず、秀秋自身にもよく思われることでもあった。

じじつ、秀秋は一吉の添え言葉に、いよいよ気をよくしていた。賞詞を期待する胸をふくらましてもいた。

が、秀吉はあまり得手とはいえぬ渋面を、さらに固くした。

「そのほう、戦さ場に立ち出でたこと、再三、耳にしていた。が、上将たる者は、みだりに刀槍を執り、士卒と功を争うものではない」

こう、さとすようにいった。

「お言葉ながら」

秀秋はずいと、出た。まだ秀吉の渋面に気づいていなかった。ただ、甘えの気持しかなかったようだ。

「蔚山では敵味方、入り乱れ、相接する闘いでございました。それなれば、将といえども刀槍をもって戦うのが当然」

「そのほうを」

秀吉は不機嫌げに立っていった。

「総大将にしたことを悔んでいる」

秀吉としては、あまり例のない叱りようであった。怒鳴るわけでもない。さりとて、怒られる理由が、いま一つすっきりしない。なにか、秀吉という仮面をかむった何者かが、怒るという恰好《かっこう》をとっているにすぎないとも思われた。

座は陰気に静まった。しきりに秀秋を称揚していた一吉は、いつのまにか退散していた。だいいち、戦況報告はすでに何者かの手によってもたらされていたらしく、なんの反応もなかった。

数日も経たぬうちに、秀秋の大封を削り、越前に移封するらしいという噂《うわさ》が立った。同時に、秀吉にそのような企みを吹き込んだのは、いま権勢並びない出頭人、石田三成であろうという風聞も流れた。それによると、三成はひたすら淀ノ方の生んだお拾いのためを思い、もしかして対立することになるかもしれぬ秀秋の力を、未然に防ごうとしているのだ、といわれた。

けれどもまだ、秀秋は半信半疑でいた。これまでの三成は、秀秋に近昵《きんじつ》し、いかにも利発げな白皙《はくせき》の顔に微笑を浮かべて対してくれた。なにか颯々とした快いものがあり、とくに嫌いではなかった。

「徳川どのにとりなしを頼んでみたらいかがか」

と、家老の平岡石見守頼勝という者がいった。

「徳川どの、か」

秀秋はそのとき、甚だ面妖な名を聞いたように反問した。

それまで、秀秋の脳裡には、徳川家康という男の影は、ごく印象淡いものとして在った。印象淡い、というより、まったく別種だというふうに決め込んでいたふしがある。

だから、その名は唐突で、面妖であった。それはとりもなおさず、小早川家という豊家一族から離れたところの発想によるものらしいと思われた。

多少の反撥が湧いた。

「なに、石田三成がよい。あれなら、頼むまでもなく、とり図るはずだ」

「さようでござりますか」

と、石見は逆らわない。

もとより、主人の言葉に服したのではない。

〈会ってみればわかる〉

そんなつもりである。鈍物かもしれぬ若主人には、そのほうがためになる、という気であるらしかった。

秀秋はそのような訪問にしては、きらびやかすぎる供廻りで、三成の屋敷を訪《おと》うた。当人は無邪気であり、ごく気軽い思いである。

が、以前の微笑は三成になかった。どころか、来訪を咎《とが》めていった。

「軽率でございますな。いまは、市中を出歩くことも遠慮なさらねばなりませぬ」

「出歩くなと申すのか」

秀秋はたちまち苛立ちを覚えた。その苛立つさまを、三成はむしろ哀れに眺め、

「殿下のお怒りは、ただごとではござらぬ。謝罪ですむとお考えなら、大きな誤りでござ

る。早々にお邸にお帰りなされ、なにぶんの御沙汰あるまで謹慎あってしかるべしと存じます」

といった。

「なにぶんの沙汰とは、越前国替えのことか」

「どのようにも御沙汰が下れば、従わねばなりませぬ」

「座して、越前へ追われるのを待てというのか」

「とにかく、謹慎なされますよう」

三成としては、この無邪気な若者に、秀吉の怒りは本物であり、かつ畏《おそ》れなければならぬことをまずいい聞かしたかったようだ。あるいは、ひとまず恭慎させておいて、ゆるゆるととりなそうと考えていたのかもわからない。

それにしては、言葉が足りなかったし、厳しく思わせようとする態度が、単に横柄に見えた。哀れに思う眼も、秀秋にとってはなにか嘲弄しているとも受けとれた。

〈風聞どおり、こいつが秀吉に讒《ざん》したのかもわからぬ〉

こう思うのにさほどの暇も要らなかった。むしょうに苛立つ気ぶりで戻った秀秋を、平岡石見は冷やかに眺めていった。

「徳川どのがこのさいおよろしかろう」

それ見たことか、などといった気配はおくびにも出さない。はじめて出す名のようにして、徳川の名をあげるのであった。

秀秋は徳川家康の邸を訪れた。なにも三成にたしなめられたからではないが、隠密な行装をした。どちらかといえば、徳川という異質な男の内側へ入るには、それがふさわしいように思われたからである。そして、それはたしかに、思い余った哀れな風情に見せていた。

家康は浅黒い顔に、くるくるした眼をしばたたいて、秀秋を見つめた。泥臭いが、律儀《りちぎ》そうに思えた。

「なんとか……」

あとは口の中で、ぼそぼそとつぶやくのが聞えた。よくわからない。が、それがむしろ、頼もしく思われた。

「殿下はたしかに怒っていなさる。が、本当の肚かどうか。だれか、ためにしたことではございますまいか」

やはりぼんやりした口調であった。それでいて、

〈だれか〉

という言葉が明瞭に浮き上った。

〈石田三成か〉

秀秋は拳を握りしめた。利発ぶった白皙の表情を思った。あまりに単純な振舞いであったが、家康はそれを悲しげな瞳の色で見た。

「怖いお人のとりなしは難しいが、引き受けた以上、なんとか……」

また、ごく不明瞭につけ加えた。じつは重々しいというべき表現が妥当かもしれなかった。それらはあまりに三成と対照的でありすぎた。

とたん、秀秋はある胸のときめきを感じた。すると、あの〝春風群馬ノ図〟が、ぼんやりと眼前に拡がった。放れ駒の図だけが、いやにくっきりと浮んだ。

その悲しげな眼は、家康のいまの瞳によく似ていた。

〈家康は仔馬の秀秋のために、秀吉という狼に喰われようとしてくれる……〉

ふとそういう気がした。

都合のいい解釈だが、べつだん痛痒《つうよう》はなかった。そういう考え方をする性向になっていたし、この少年に家康の老獪《ろうかい》さを見抜けというのも無理な話であった。

じっさいに家康のその後の挙動は〝家康放れ駒〟の説を裏付けるものがあった。家康は毎日、伏見城の秀吉のもとへ上がり、ものいいたげな素振りをして、しかし話さずに帰って行った。

そんなことがなん日も続いた。秀吉のほうが気にしだした。問い訊《ただ》すときには、むしろ遠慮がちになっていた。ただでさえ、秀吉にとって家康は重苦しい相手なのである。

家康もまた、至極ひかえ目に、秀秋のとりなしを頼んだ。効果は充分であった。たった一言のために、なん日も費やしたことが、どう断りようもなく、秀吉を動かしてしまった。

秀吉は秀秋に対する怒りを解いた。もちろん、越前移封もうやむやに終った。

明らかに、得をしたのは徳川家康であり、損をしたのは石田三成であった。判然とした役割であったが、秀秋には加えて〝家康放れ駒〟の考えが重なっている。それはもう、ある確かさをもってかれの胸に刻まれた。

三

その年八月、秀吉が死に、天下に不穏の気がみなぎった。だれも口にしようとはしないが、

〈乱〉

というものに対する不安であった。

それはかねて予想されたことであるともいえたし、まったく意想外のことだともいえた。

予想されたのは、ごく近年まで権力者の死没にともない、変化を繰返した歴史の事実からの判断であったし、意想外とするものは、豊家の天下をよほど強大で、持続力のあるものと見たからである。

たしかに、秀吉の天下は人の耳目を奪った。天下は統一されたかに見え、国中あげて異国へ攻め入るという動きも見た。なによりも、派手で大仰な茶会や花見が行われた。もしかしたら、このまま天下は静穏に収まるのではあるまいかという期待を抱かせるのに充分であった。

それはしかし、誤解というものかもしれなかった。汚なく臭いものに、ひとつひとつ、華麗なおおいをかけてあったにすぎないことが、しだいにわかってきた。

注意して眺めると、不穏の気を発しているのは、五大老の一人徳川家康と、五奉行の一人石田三成であるらしかった。そして、その中心に年端もいかぬ秀頼がいた。

この秀頼の存在はまた、正室ねねと母親である淀君の対立であり、当人同士よりむしろ、それぞれにつながる大名たちの対立につながっていた。それでいて、だれもが、幼君秀頼のため、ということを口にしていた。

不思議なことに、秀秋はそのような騒擾の外にあった。かれはいうまでもなくねねの側であり、一時は秀吉の後継ぎとも目された男であるにもかかわらず、まったく天下の動きとは別個の存在になっていた。

ばかりか、かれ自身もなにかずっと遥かなできごとのように思っていた。それは仕合わせなことであるに違いないが、そうかといって、軽率な口出しや行動は危険だから身を慎む、という遠謀によるのではなかった。

いわば、いまどのような大事が起りつつあり、かつ自分がそこへ参画することによって、かなりの波紋を投げかけるであろうことを、見通せないでいたにすぎない。

もっとも、家老平岡石見の老獪で巧妙な誘導といえぬことはなかった。石見は一代の智者とうたわれる黒田如水の姪の聟に当るが、如水を小型にした才覚があった。その才覚は、先代隆景が見抜いたように、秀秋を鈍物と考えていたのかもしれない。とにかく、

〈動けば危険が及ぶ〉

という不安を抱いていた。

だから、できるだけ天下の情勢はかれ自身の胸の内までに留めた。筑前名島の城中で、秀秋は離れ座敷に置かれていたという見方も成り立つ。

そのためかどうかは別として、秀秋が酒色にふけるのに眼をつむった。危険な場所へ登場するよりも、暗愚で酒色好きな主君のほうが、家、ということからいえばより必要であった。それに、大名の酒色好みはけっして悪ではない。

ただし、一応の理由はあった。

「後嗣を早くもうけておくことが肝要でございます」

と石見はいっていた。じじつ、秀秋が手をつけながら、かつてみごもった者はなかった。女を御するすべを、まだよく知らないのかもしれず、あるいは体の機能になにか欠陥があるのかもしれぬとも思われた。

けれども、女そのものを求め、そうでないときはよく酒を飲んだ。酒もさして強いとは思えなかったが、すぐに蒼くなるくせに、いつも盃を手にしていた。

このような振舞いは、噂として伝わると、いろいろの憶測を生んだ。いわゆる、

〈自暴自棄〉

である。

その原因は、秀吉の跡目はもはや秀頼に確定したというゆるぎもない事実への反撥であろうというのであった。

が、かつて秀秋はそんな野心をもったこともないし、秀頼という小児を対立した相手と考えたこともなかった。おおらかといえばおおらかだが、しょせんぼんやりと過ごしてきたと考えるべきであった。

元来、他と競争するという意識は皆無のようであった。いつまで経っても、周りを守ら

れた仔馬の心境を出ることがなかった。もっとも、そのままひょっとして天下人の座に坐《すわ》ることが起っても、たいした喜びも感激も湧かさないのではないか。

ある日、ねねのもとから、見舞いが届いた。ねねは秀吉の死後、さっさと大坂城を出て、京の高台院に髪を下ろして隠棲していた。かの女には、秀吉死後のいざこざが見通されていたようであり、その進退はもの静かで、しかもはっきりしていた。だれもがそんな振舞いを賞め上げた。

その見舞状は、巷間伝わるところの秀秋の自暴自棄をいましめるものであった。故秀吉やまた故秀次の例もあり、酒色は体も、またその地位も危うくするものであると述べてあった。

秀秋は見舞状によって、自分がいま自暴自棄に陥っており、いまわしい酒色に溺れる男に成り下がっているらしいことに気づいた。が、気づいたということと、改めるということは、おのずから異なっていた。

〈わしはもう子供ではない〉

こう思いながら、黙って領国のくさぐさの産物を贈ったにすぎなかった。

すると今度は、書状をつけずに、一双の屏風が送られてきた。

「ほう」

秀秋は屏風絵を懐しげに見つめた。あの〝群馬ノ図〟であった。

ねねはたぶん、だれからも可愛いがられ、大事にされて育った身であるのだから、向後《こうご》も安らかに成長すべきおのれを自覚するようさとしたようであった。

が、ねねのそんな思いが、よく秀秋に通じたかどうか疑わしい。秀秋はただ、だれさえぎる者のない秀吉という威光の下で、ぬくぬくと育ったおのれのかつての果報を懐古したにすぎなかった。

それに、かれがときおり思い浮かべる絵柄とは、少々異なっていた。あのふすま絵の写しを、屏風仕立てにしたものであるらしいが、状景は春ではなく秋のようであった。秋の野草が揺れていたし、またかれの興味をもつ放れ駒は、一段と哀れに、悲しげに描かれていた。

秀秋はしかし、さほど意に介していなかった。牧渓の筆致に似せたその大体は、目立って差異を強調するほどではなかったからである。

秀秋はこの屏風を、奥に置いた。

当時、後世の〝奥〟のようなものが、定かにでき上っていない。が、女ばかりの棲む館は、やはり〝奥〟と称《よ》ぶのがふさわしい。

その女たちのうち、

「放れ駒が……」

こうつぶやいて、じっと眺め入っている者がいた。

秀秋は女の容貌姿態ではなく、その絵柄に興味をもつ者、という意味で、その女が気に入った。気に入ったということは、とりもなおさず、臥床《ふしど》の伽《とぎ》を仰せつかることである。

女ははぎのといった。近ごろ、大坂の邸から、上方の不穏を避けてなん人か下ってきている。その一人であった。さりとて、大坂の邸内でとくに印象があるというわけではなかった。

見たようでもあるし、初顔のようでもある。要するに、おぼろげであった。もっとも、伽をする女の素姓を、いちいち詮索する必要はなにもなかった。

二十をいくらか越しているだろう。もしかしたら、秀秋より一つ、二つ、上かもわからない。〝奥〟に勤める女としては、年がいきすぎているということだけでなく、容姿そのものが、なにかころうたけていた。そして、全体、豊満であった。

はぎのはねねの匂いがした。それがかつて味わったことのない楽しみを秀秋に与えた。

満足のあと、少ししゃべった。

「あの絵が好きか」

「はい」

はぎのは一度うなずいてから、

「好きと申しますより、なにか気になりますので」

と、つけ加えた。

「なにが」

「放れ駒のことでございます。あまり、悲しげでございますので」

「なるほど。では、放れ駒の話をしてやろう。あれはの」

秀秋の口調が、むかしのねねに似てきた。

「仔馬を守るために、自らを犠牲にするのだ……」

「おもしろい話でございます」

「が、本当かどうか」

「そのような気がいたします。これは牧渓でございましょう。牧渓のいらっしゃったところは本当にそんな話があったのかもしれませぬ」

「ほう」

絵そのものは写しだが、牧渓の名を知ってるのに秀秋は感を深めた。なかなかの者と思わねばならない。

「よく存じている」

「上方でずいぶんもてはやされておりましたから」

「上方のことなら、なんでも存じているように聞こえるぞ」

秀秋は笑った。久しぶりに満足げな笑いであった。

秀秋はどうも、このような母性を匂わす女が向いているのかもしれなかった。かれはまた、すぐに豊かな乳房に顔を埋めていた。

四

慶長五年六月、徳川家康が上杉征伐に東上した。平岡石見は、そんな知らせを、ごく事務的に秀秋に伝えた。

知らせが入ったから伝える、といったていのもので、そのためなんの意見もつけ加えていない。

秀秋はしかし、身内に血の気が走るのを覚えた。かつて、十六万余を率いて朝鮮へ押し渡ったはなばなしい自らの若大将ぶりが、きのうのように思い出された。

「わしに出陣のさそいはなかったのか」

「いえ」

石見は言葉少なに、首を振った。

「なぜだ」

「上方に在る徳川どの昵懇《じっこん》の大名衆だけでよいのでありましょう」

「できるなら、わしも出陣したいものだ。久しく閑居していると、体がなまってならぬ」

「体がなまるほどの暮しが、きょうこのごろでは仕合わせのことかと存じます」

「いいや、そうではあるまい。武将は戦場に立つべきものだ。手柄を立てたいと思わぬか」

「血気にはやりますと」

と、石見は無邪気に気負い込む秀秋の顔を、当惑げに見つめていった。

「泉下の太閤殿下から、きついお叱りを受けましょう」

秀秋は不機嫌げに黙った。朝鮮陣で叱責された話に触れるのがもっとも不愉快なのである。

同時に、かれをおとしいれようとしたに違いない石田三成の顔が、にくにくしげな相貌となって浮かんできた。

「石田めはどうしている」

「さあ」

石見は顎《あご》を撫でていった。

「なにせ、佐和山に逼塞《ひっそく》の身でございますから」

「動き出すのではないか、あの狐め」

「まさか」

石見はとぼけた。

石見はなるべく、秀秋を刺激しまいとしている。老巧者の勘で、いまかるがるしく旗色を明らかにすることは、けっして得策でないということぐらい承知していた。

「いずれ、片がつくでありましょう。悠然となさっておればよいのです」

と、なだめるようにいった。

いずれ、ではなく、石見にはもうはっきりとこれからのおよその見通しが立っていた。家康東征の留守に、石田三成が立つ。家康はそれと戦う。いずれが勝つにしても、天下はそれで自然に収まるところへ収まる……

その収まり方に、うまく秀秋を乗せればよかった。秀秋そのものでなく、小早川家の問題である。だから稚《おさな》く、分別なさそうなその主人に、勝手な動きをさせてはならなかった。できるなら、世間に知れ渡っていることでも、秀秋にだけは伏せておきたい。それが、先代隆景の遺《のこ》した配慮でもあろうかと思われる。

こんなとき、当の秀秋は扱いに都合がよかった。それ以上、詮索もしないし、我意を通そうともしない。もっとも、明確な意見がないといえばいえた。

なん日かののち、急ぎ上坂すべきさそい状が、大坂からもたらされた。

その主旨によれば、

「近ごろの徳川家康の暴状、まことに忍びがたく、太閤の恩義に報い、かつは秀頼公のため〝われら〟はかれに対し、戦いを宣した」

というような意味のものであった。

その〝われら〟のなかに、石田三成の名はなかった。長束正家、増田長盛、前田玄以の奉行衆と大老宇喜多秀家ならびに小早川の宗家である毛利輝元の署名であった。

が、三成の名は、見えないだけにいよいよ大きく書状をおおっていた。

「なに、お急ぎになることはございますまいよ」

と石見はいった。

「ゆるゆると、考えを定めてからでも遅うはございませぬ。天下の形勢をのみこむことが、このさい大切でございますれば」

秀秋はうなずいた。

かれには、形勢判断の必要ということとは別に、ある途惑いがあった。唐突だが、

〈秀頼公のおため〉

という言葉に対してである。

それはとりもなおさず、かれがいつも描くあの〝群馬ノ図〟の仔馬であった。

守られ、大事にされる仔馬が、いつのまにかかれ自身ではなく、秀頼にとって替られているという実感である。いまや、守るべき側にいやおうなく立たせられようとしている秀秋には、そのとるべき姿勢がとっさにわからなかった。そんな途惑いなのである。

石見は秀秋の途惑いに、なんら忖度《そんたく》することがなかった。当然ながらあくまでも形勢の判断であり、損得を選ぶということであった。

このような武家一般の考えは、直ちに相通ずるものであるらしかった。石見がわざわざ情報を集めるまでもなく、早くも豊前の黒田如水が小倉まできき、石見を招いた。

石見にとって義理の叔父に当たるこの深謀の士は、たぶんその判断に誤りはないだろう。

宿舎に赴くと、如水はまず、

「われら父子は、一筋に内府（家康）に味方する」

といった。

如水はすでに隠退の身である。伜《せがれ》の長政は上方に在ったが、家康に従って東下している。

当然の言葉であったが、じかに如水の口から聞くと、その重さがひしひしと伝わってくる。

「中納言どの（秀秋）は、内府の懇志を得ている方であろう。このたびのこと、すべて治部（三成）の邪謀から発している。結果は秀頼公のおためにならぬこと。が、中納言どのはお若い。それに豊家ゆかりの方でもある。万一、治部のさそいに乗ろうやもしれぬ。そのときはそのほう、諫《いさ》めて内府に従うようとりなしされよ」

「申すまでもないこと」

と石見は自信ありげにいった。

「殿はもう、治部嫌いでござれば」

「進退というものは、好き嫌いだけで決まるとは思えぬ」

「なにがござる。抜き差しならぬ立場というものでござろうか」

ひょっとして、嫌いな三成をこえて、秀頼のため、という立場を強調したときのことを考えた。が、如水は頭を振った。

「いやいや、まこと些細なきっかけが、ことを左右するものだ」

よくわからない。

「たとえば、女、という手がある。女で骨抜きにしておいて、思慮を巧みに導く」

「まさか」

「まさかの話ではない。わしがむかし、この手を使ったことがある。それに、中納言どのは近ごろ、女色にふけるとの噂をよく聞く」

如水は枯れた表情で笑った。

なにもかも見透しのようである。だいいち、智謀の士に笑われると気味が悪い。石見は直ちに、秀秋をめぐる女たちの一人一人を思い浮べてみた。

「だから」

と、如水は声をひそめた。

「伜を介して、内府に意を通じておくことだ」

「もし、殿が聞き入れなかった場合は」

「中納言どのが聞き入れなければ、そなた、できないのか」

石見一存でやれ、といっている。

「そうでないと、小早川家を敵に廻さなければならぬ」

と、こんどはぎょろりと眼をむいた。なにせ、国を接している。

「心得ました。なにとぞよしなに」

「それでよいのだ」

ふたたび、如水の面上に笑いが浮んだ。まさに、一顰一笑《いちぴんいっしょう》に操られてしまっている。

「それで案ずることなく、上坂されるがよい」

「上坂して、いずれにつき申すのか」

いま上坂するということは、三成に与《くみ》することにほかならない。

「戦さはしょせん、おのれのためのもの。つまり、切り取り勝手。こんなうまい戦さはめったにあるものではない。なに、そのときどきにうまく立廻ればよいのだ」

と、大声上げて笑うのであった。

大笑してはいるものの、如水の戦争観、ないし、戦国を生き抜く知恵というものであった。

じじつ、如水は上方の戦争のどさくさに、しきりに北九州を侵《おかし》めることになる。もしかしたら、名島に居を構える大守小早川秀秋が上方に向わずに仕地しているのが邪魔っけだったのかもわからない。

そのころ、あるいは如水の指摘する廻し者であるかもしれぬはぎのは、秀秋のぎごちなく、生硬な体を抱いていた。それはたしかに、あやす仕草であった。

ひとしきり、几帳《きちょう》が揺れ、肢態がゆるやかに動いた。もし、はぎのがなにかをいい含めようと思えば、いとも簡単にできるであろうゆらめきであった。

五

小早川の軍勢が大坂に着陣したのは、七月の初めであった。

じつは途中、姫路の城に入ろうとした。そこには兄の木下延俊がいる。が、延俊は拒絶した。姫路で形勢を観望していようという策であったが、延俊はそのような軍勢を入れるわけにはいかなかった。

それにしても、士気の振わぬ軍勢であった。

だれが見ても、なんのために上坂してきたのか奇ッ怪に思えた。もとより、邸に籠ったきり、大坂方の軍議に招かれても出ることがなかった。

はぎのがやってきた。これは故秀吉が戦さに女をともなった故事にならったものだが、このさいは向背不明の態度を、より明らかに示すことにほかならなかった。

はぎのはなにか、つやつやとして見えた。上方へくると、肌が水を得たように輝くようであった。もとより、秀秋は満足であった。

「おまえは、やはり上方が性に合っているようだ」

「そうかもしれませんね。でも、お館さまも、そうでございましょう」

「育ったところだ。悪いはずがない。が、戦さだ」

「軍議が開かれているそうではありませぬか」

と、はぎのは笑った。

「勝手にやればよいのだ」

「一度もお出にならぬということでございますね」

「出るものか」

「なぜでございましょう」

「三成めの面を見るのが嫌なのだ」

「皆々さまの足の爪先が、みな西の方へ向いている、と噂してるそうです」

つまり、いつでも退却できるという構えであろう。だれもがそう見ているらしい。

「いつまでこんなことをなさっています」

「いつまでかな」

「東国から徳川さまが見えられるまででしょうか」

「そういうことになるだろう」

はぎのは薄っすらと微笑んだ。うつむいて、微笑む横顔を見せるとき、これまでにない艶冶《えんや》な色が出る。

「おかしいか」

「はい。卑怯、という方がいました」

「おまえはどう思う」

「わかりませぬ。が」

と、ひらりと笑った赤い唇を向けた。

「なにやら哀れに存じます」

「だれが、だ」

「申しておよろしいでしょうか」

「構わぬ」

「秀頼さま」

「ふむ」

秀秋の胸に、またしても仔馬の絵柄が浮んだ。なにも知らぬ無心の仔馬である。

「けれど、おかしゅうございますね」

「なにが」

「徳川さまも、石田さまも、秀頼さまのおためとおっしゃっている。けれど、本当に秀頼さまのおためを考えていらっしゃる方はいない。お可哀そうです」

「どちらが勝てば、秀頼公のためになると思う」

「わかりませぬ。しいて申し上げれば、石田さまが勝ったほうが、ほんの少し、よいのではございますまいか」

「あの狐めが、そんなことになるか」

「いいえ、石田さまがよいというのではありませぬ。石田さまがお勝ちになり、そしていけないことがありますなら、もう一度、戦さができます。けれど、徳川さまは大きい。二度もやり直しがききませぬ」

「なるほど」

面白い見方だと思う。

嫌いな石田三成の話が出ても、あまり気にならない。溺れた女だからというのではなく、話の運びに無理がない。もし、かの女が廻し者であるとすれば、なかなかの巧者というべきであろう。

「もしかしたら」

ふと、はぎのがいった。くるりと瞳が動いた。

「秀頼さまを思う方が一人、いられるかもわかりません」

「だれだ」

「政所（ねね）さま」

「叔母御か。しかし」

秀秋はいいかけようとして、やめた。秀頼は対立する淀君の子供であって、下世話でいう仇の片割れであった。が、それは天下周知のことである。

「なぜだ」

「女、ですから」

「それだけのことだ。女の思いだけでは、ときの勢いをどうすることもできぬ」

「でも、知恵は借りることができます」

「会えというのか、叔母御に」

秀秋は上方へきてまだねねを訪ねていない。かれにすれば、心の定まらぬまま、ねねに会うのは心苦しい思いであった。表面は豊家のため、という名分で立つ三成に、単なる三成憎さで反抗しても、ひっきょう豊家に敵するかたちになりかねないのが辛いところであった。

「そのうちに、な」

秀秋はひたひたとはぎのの腿を打った。その腿がきめ細かく輝いていた。

その言葉はしかし、まもなく本当になった。

大坂城から通達がきて、小早川家は伏見城を攻めることに決まったという。

〈三成め、わしを試したな〉

と思う。それによって、はっきりと東西いずれにつくかがわかる。

そうかといって、徳川勢はまだ東国に在る。

いま命令に従わぬということは、大坂に集っている西軍すべてを敵にすることになる。

あのあまりに士気のない軍勢が、いやいやするように、伏見に向った。仕方がない。

秀秋は軍勢とは別に、ねねのもとを訪ねた。ねねは少し老けたようだが、血色はいい。

なにより、秀秋の達者な姿を見て喜んでくれた。

その笑顔のまえでは、なにをいおうと聞き入れてくれると思う。久しぶりに、手厚く守られる仔馬の心境になった。

「手前、伏見城攻めの一手と決まりました。伏見を攻め、三成めに力を合わすのが残念でなりませぬ」

と、秀秋は考え考え、いった。

「しかし、三成めは秀頼公を担《かつ》いでいます。三成めに向うのが秀頼公に向うことのように思われるのが、いよいよ癪にさわる」

ねねは黙って聞いていて、ふっと笑った。

「なにを力んでいます。そなた、どのように考えているかしれませんが、豊家は太閤さま一代。あとはもとの木下に戻ればよい。わたしはそう思っています」

「秀頼公も、ですか」

「そうです。太閤さまはもとは裸。それをお忘れになって、嗣《つ》がせようとお考えになったのがお間違いです。そなたも、九州の大守、中納言という位、それが保てる器量ならよいが、それでなかったら、所替えもよし、身分の下がるもよし、人間、生き方はいろいろございますよ」

「しかし、手前は武士。武士であるかぎり、黙っているわけにいきませぬ」

「それなら、早く態度を決められるがよいでしょう。伏見の守りは鳥居元忠どの。この方に願って、城に入ればよい。よいあんばいに、勝俊どの（木下、秀秋の兄）が籠っています。連絡はつくことでしょう」

「わかりました」

「念を入れておきますが、もはや豊家の光はない。とにかくおのれの器量によって生きること。どこかで、だれかが見守っているのですからね」

ねねはすでに、ある枯淡の域に達していたようである。そして、じつは冷ややかなまで厳しかった。とくに秀頼に対する愛情は汲みとれなかったが、太閤の後嗣としてでなく、裸の秀頼にならと、存分の慈愛を注ぐ、というふうに察せられた。

秀秋は少し、心が晴れた。いったん、大坂勢とともに出陣しておいて、使者を秘かに城内へ遣《や》った。

ともに伏見城を守りたいと申し送ったのである。

ところが、その以前に、兄の勝俊は城を出ていた。わけはほかでもない。弟の小早川秀秋が大坂方へついた、よって兄である勝俊を城内におくことはならぬ、というのである。

もともと、この忠義一徹の鳥居元忠は、すでに死を決していた。手兵僅かに一千余。ほかはすべて、家康の下につけてやった。小人数で予想される三成の攻め手を、一日でも長くもたせ、そして死んで行く覚悟である。

この老将は、身辺を純粋にしておきたかった。不審な者を拒み、気の通じ合った男どもと、手をとり合って死ねる体制にしておきたかったのだ。

このような武士の意地を、秀秋はまだよくわからない。こんどは自ら城外に馳せて行って、入城を乞うた。前後を固め、忍びやかに赴いた行装を、元忠はせせら笑った。

「まことの中納言どのかの」

「さよう、わしだ」

「情けないお姿だ。大将は大将らしくなさったらどうだ」

「さよう申してくれるな。お味方すべく参上したのだ」

「お味方、と。いったい、だれの味方をなさるつもりでござる」

「もとより、徳川どのに」

「それなら、早速に関東へお下りあれ」

「そういうわけに参らぬ」

「それなら、弓矢をもって攻められよ。手前武骨にて、態度不鮮明がもっとも苦手でござる」

　木で鼻をくくったような返答が戻り、門内にも入れなかった。

「武士はとにかく、意地を通すことでござるよ」

　城内から、こんな声が聞えた。秀秋は少し、愧《は》じた。

　そのせいかどうかわからない。やがてはじまった伏見城総攻撃に、もっとも厳しく攻め立てたのは、主将宇喜田秀家のほかでは秀秋軍であった。皮肉であった。

　元忠は最後まで闘った。しまいには坐して待ち、それでも敵が近づけば差し違えの覚悟を示した。その死に、秀秋は眼を見張った。

　戦さというより、武士というものの姿であった。

六

伏見が陥《おち》ると、こんどは阿濃津を攻めることになった。富田信高の守るところである。信高の父左近将監は、秀吉の寵臣であったが、地位を三成に蹴落されたため、三成を憎むことが甚だしい。元忠には及ばないだろうが、決死の覚悟はできている。

秀秋はふたたび病気と称して、大坂の邸に引き籠った。長束正家から督促がきた。三成からもきた。もとより、動こうとしない。

側にははぎのがいる。

「出陣なさいませぬのですか」

「わしのほうが富田信高になりたいくらいだ」

「でも、このままでは怪しまれましょう」

「なに、ほどなく徳川どのが見える。徳川どのはちゃんとわしの肚を読みとってくれているはずだ」

「徳川さまは、それほど甘うございましょうか」

「わしと懇《ねんご》ろな仲だ」

「でも、お館さまはいったん、西軍におつきになった。それでいて徳川さまの心を得ようというのは、ご無理というものでございますまいか」

「どうすればよいというのだ」

「いましばらく、西軍に従っていなさるのがよろしかろうと存じます」

「わしは嫌だ。三成の面を見るのも嫌だ」

「では、東西からうとまれることになります」

「仕方がない」

「うとまれるだけならばおよろしかろうが、しまいには疑われましょう。疑われるということは」

はぎのは言葉を切った。

燭の灯がゆらめき、几帳がほんのすこし、揺れた。はぎのがしのびやかに、立った。立ったときにはもう、懐剣を抜いている。

几帳にびゅっと黒い水液が飛んだ。

そして黒い影がその場に倒れ込んできた。

まだ、息がある。

そいつの利腕をはぎのがねじり上げている。

「どこの手の者です」

はぎのが曲者の耳に口をつけて、落着いて訊《たず》ねた。なんの返答もない。もとより、忍びやかな刺客に返答を期待するほうが無理である。

はぎのは首を横に振った。同時に曲者はがっくり崩れた。

「ごらんなさいましたか。このような者が狙《ねら》って参ります」

東方か西方かわからない。あとで西軍の大谷刑部の放った刺客だとわかったが、その真偽もたしかでない。

その間、秀秋はおののいて眺めていた。怖い、というのとは少し違う。なにか人間の生ま臭さというものが、露《あら》わに噴き出した恰好《かっこう》に近かった。

「それにしても、なかなかの腕だ」

秀秋は静かに血糊を拭《ぬぐ》うはぎのにいった。かれ一人であったなら、たぶん刺されているだろう。

「いえ、お館さまにご武運がありましたのです」

「武運か。わしに武運があるのか」

「武運は向うからやってくるものです。そう考えないと、戦さはできないのではありますまいか」

「おまえはいったい」

と、秀秋はしげしげとはぎのを改めて見つめた。

「何者だ」

「なんでもございませぬ。ただ、お館を大事に見守っているだけでございます。そう、あの放れ駒のように、仔馬をお守りする……」

「なるほど、放れ駒か」

秀秋の脳裡に、あの絵柄がよぎった。

〈だれでもない、おのれ自身が放れ駒だ〉

そんな気がした。

翌日、秀秋の軍勢は大坂を出立し、やがて想定される戦場、関ケ原の高地、松尾山に陣取った。総勢八千。

「いずれ関東勢と合戦の上、おのおの方ともお目もじ申すべし」

このように西軍に申し入れた。半信半疑だが、現実に西軍の一翼として陣取っているのはたしかである。西軍は秀秋勢を含めた陣立てで美濃に入った東軍を迎え撃つことになる。

まもなく、松尾山の秀秋のもとへ、東軍の使者がやってきた。宛名は平岡石見、ならびに家老の稲葉佐渡。証人は本多忠勝と井伊直政であって、家康の意であることに間違いはない。

　それによれば、
　一、家康は秀秋に対し隔意はない。
　二、秀秋の忠節が見極められたら、上方において二国を与える。
　というものであった。

　石見は鬼の首でも獲《と》ったようにいった。

「これ、かくの如きでござる。内府さまのお心はお変りござらぬ。と申すのも、さきに九州において、黒田どのを介し、意を通じてあったからでございます」

　いくぶんの自慢も含まれている。秀秋はしかし、薄く笑った。

「わしに二国呉れるとか」

「偽りではありますまい」

「わしが封土を欲しいと思うなら、もっと働きようがある。黒田どののように、九州で切り取り勝手をやればよい。そうでなくても、三成めにつけば、九州半分ぐらいは貰えるはず」

「しかし、内府さまの思し召しでございますぞ」

「わしはいま、だれにも左右されぬ。放れ駒だ」

「放れ駒、と」

石見にはとっさにのみこめなかったようだ。

「わかるまい。わしはわしの考えでやる」

「まさか西軍に味方するわけではございますまいな」

「わからん、そのときになってみなければ」

石見は少なからず、眼を見張った。なにか、秀秋ががらりと変ったようだ。なぜだかわからない。

天下分け目の関ケ原の戦さは、垂れ雲のなかにはじまった。

まず、東軍の松平忠吉、井伊直政が動いた。朝霧まだ晴れず、一寸先も見えぬ一角で、西軍宇喜多勢と接触する。たちまち喚声怒号が上がり、銃丸が飛んだ。

戦容は一進一退であった。むしろ、東軍が追い戻された。

家康は焦った。かれは苛立つと、手の指の爪を嚙む癖がある。その指を嚙みながら、

「金吾はまだか、金吾の裏切りはまだか」

としきりにつぶやいた。指先から赤い血がしたたった。

が、松尾山はまだ一向に動く気配はなかった。

山の陣中には、かねがね家康からつけられていた奥平某が、石見の草摺《くさずり》を引っぱって叫

んだ。

「いかがなされた。まだでござるか。裏切りはまだでござるか」

石見は黙って、秀秋を見上げる。秀秋はただ、唇を一文字に結んで、一進一退する動きを眺めているにすぎない。

こうして見下ろしていると、この松尾山はいま両軍の絶好の衝地になっていることがわかる。

秀秋は少し、微笑を洩《も》らした。

〈わしの右か左かで、戦さの行方が決まる〉

それはぞくぞくするような喜びであった。

放れ駒が自由に疾駆できる生涯唯一の機会である。かれはもっともっと眺めていたい心持でいた。

「早々に裏切りの下知あれよ。もし、内府公の思し召しに偽りありとせば、弓矢八幡に申しわけなし」

奥平某は喚《わめ》いた。

とたんに、山麓からいちどきに銃砲が発せられた。東軍が撃っている。本気とも試みともつかぬ銃撃であった。陣内にざわめきが起った。

秀秋がいった。差し出された太刀を、秀秋はすらりと抜いた。それがそのまま、奥平某の首を刎《は》ねていた。

「行け」

下知一声。

「いずれか」

石見の途惑う声がした。

「まっすぐに」

秀秋は眼を閉じていた。人間のいまはのきわの動きを、充分に汲み取ったあげくの、それは自在な声であった。

「法螺《かい》を吹け。敵は大谷陣ぞ」

ようやく、石見がこう叫んだ。秀秋にはしかし、どこへ向かおうとも、もはやどうでもいいことであった。

ただ、真一文字に攻め下りる。その相手が西軍であろうと東軍であろうと構わなかった。武運だけを信じた。

戦いが終った。秀秋の好機における裏切りが、すべてを決した。

算を乱した西軍と、それを追う東軍。

家康はなんどもなんども、息を吐いた。指からしたたる血を忘れている。

このころ、秀秋は松尾山の麓で、ただ一騎、戦塵に背を向けて、寂然と立っていた。ちょうど、あの放れ駒のように……

「お芽出とうございます」

謀将本多正信が家康に近づいていった。家康は黙って、遥かな放れ駒の一騎を指さしていった。

「みろ、あそこに捨て駒がいる」

解　説

今井敏夫

戸部新十郎は、『安見隠岐の罪状』（毎日新聞社刊）が昭和四十八年下期の第七十回直木賞候補になった以外、不思議にもいっさい文学賞とは無縁だった。この時の選考会では最終の三作に残ったが、結局「該当作なし」で見送られている。

『安見隠岐の罪状』を編集担当した私は、「次の作品を書き下ろして、直木賞を狙ったら如何《いかが》ですか」とけしかけると、戸部は困惑したような微笑をうかべて、「なにも賞を取る目的で小説を書くわけではないよ。入学試験ではないのだから……」と拒否した。

たしかにそのとおりで、直木賞は作家の入学試験ではない。しかし、受賞するとしないのでは、その後の作家活動に大きく影響することは言うまでもない。この点、戸部は終始恬淡《てんたん》としていた。

当時、小説雑誌の御三家といわれた「オール讀物」「小説現代」「小説新潮」からの原稿注文はまったくなかった。むろん、新聞連載や週刊誌連載の依頼もない。

ところが、他の小説雑誌がこの実力派作家を放っておかなかった。「小説サンデー毎日」(毎日新聞社)「問題小説」(徳間書店)「小説宝石」(光文社)が戸部の主な執筆舞台となった。さらに「歴史読本」「歴史と旅」「歴史と人物」を始め、「月刊武道」(日本武道館)「L&G」(JR東海)「アクタス」(北国新聞社)など、文芸とは関係のない雑誌でも精力的に小説や考証的読物を書きまくった。

転機となったのは、『蜂須賀小六』と『前田利家』である。『前田利家』は発売されるや、たちまち十万部を突破するベストセラーとなり、『蜂須賀小六』も快調に増刷を重ねて、戸部は時代小説界の新しい旗手として脚光を浴びるようになった。

『蜂須賀小六』は、中年から人生を切り開いた男として描き、それまでの〝野盗上がり〟という負のイメージを一新した傑作だ。おそらく「多岐流太郎」の筆名を捨てて本名の戸部新十郎に戻し、再出発した自分自身とダブらせていたのだろう。『前田利家』は〝文化は力なり〟という加賀百万石の礎《いしずえ》を築いた藩祖・利家の生涯を壮快な筆致で描いた名作である。

この二人の戦国武将には愛着も格別で、晩年まで「小六さん」「利家さん」と友人のように呼んでいた。

戸部作品を大別すれば、おおよそ三分野にわたっている。

一つは、『安見隠岐の罪状』に始まる歴史小説――『前田利家』『蜂須賀小六』『前田太平記』『松永弾正』『徳川秀忠』（徳間文庫）など。それに「小六伝」「信長の合戦」などの考証史伝類。

一つは、畢生《ひっせい》の大作『服部半蔵』に代表される忍者小説――『伊賀組同心』『伊賀者始末』（徳間文庫）など。それに「忍者の履歴書」「忍者と忍術」などの考証史伝類。

一つは、『秘剣水鏡《みつかかみ》』『秘剣花車《くわしや》』『秘剣埋火《うつみび》』『秘剣龍牙《りようが》』『秘剣虎乱』の〝秘剣シリーズ〟を頂点とする剣豪小説――『伊東一刀斎』『総司はひとり』『鬼剣』など。それに『日本剣豪譚』『兵法秘伝考』の考証史伝がある。

いずれの作品も好評を博し、評論家や読巧者の中に、熱烈な〝戸部ファン〟が多かったのも特筆される。戸部が〝玄人《くろうと》好み〟の作家と評された所以《ゆえん》である。

なかでも剣豪小説は、戸部自身剣道四段、居合五段の遣い手であり、その巧みな小説構成と迫真にとんだ剣戟《けんげき》シーンは多くの時代小説ファンを魅了した。

また、古武道研究にも熱心で、剣術の草創期から、幾多の剣豪とその道統を語り、連綿と今日までつづく剣術の変遷をたどった『日本剣豪譚』（全五冊）。さらに全国の古武道伝承者に伝わる剣術諸流派の〝秘伝・奥儀《おうぎ》〟を考究し、難解な秘太刀を解りやすく平明に解説した名著『兵法秘伝考』がある。

こうした長年の古武道研究の成果が、『秘剣水鏡』『秘剣埋火』『秘剣花車』『秘剣龍牙』『秘剣虎乱』（徳間文庫）の〝秘剣シリーズ〟の五冊である。総計四十六編。題名のすべてに秘剣の二文字を充《あ》てるという趣向をこらしたもので、発表当時から評判となり、時代小説ファンのみならず、武道関係者からも絶賛された。〝秘剣シリーズ〟は、間違いなく戸部の代表作の一つである。

今後、この分野では戸部を凌駕《りょうが》する作家は現われないだろう。『日本剣豪譚』『兵法秘伝考』『秘剣シリーズ』の三点を併《あわ》せ読むとき、ここに中里介山以来の〈剣の文学〉の集大成がなったと断言できる。

さて、本編に収録された「野望の峠」は、昭和四十六年「大衆文芸」四月号に「非望」という題名で掲載された。

源為義の第十子新宮十郎行家は、保元《ほうげん》の乱では父為義側にいて兄義朝方に寝返り、平治の乱では源氏の棟梁《とうりょう》義朝を平清盛に売る。平氏全盛の中でぬくぬくと生き延び、やがて平氏打倒をかかげて源三位頼政が旗揚げするや、以仁王《もちひとおう》の令旨《りょうじ》を諸国に伝達する役目を負いながら、平然として頼政を見捨てる。木曽義仲と義経を争わせ、義経と頼朝を反目させるといった表裏常なき人物である。

まことに人望もなければ、源氏の棟梁たる器でもない。ただただ「血縁者同士が相闘うさまをひそかに舌舐めずりして悦ぶという陰湿」で、奸佞《かんねい》な男である。そんな煮ても焼いても喰えない行家の行状を飄逸《ひょういつ》軽妙な筆致で描いた好作品である。

「感状」は、昭和四十五年「大衆文芸」十月号に「結解勘兵衛の感状」の題名で掲載。戸部が初期作品に好んで書いた〝豪傑〟ものの一篇。戦国臭をふんぷんとさせながら、世の流れに逆らい、不器用にしか生きざるを得ない武士の悲哀を描く。最終、落葉の間から、火焔《かえん》とともに秋空高く舞い上がった勘兵衛の〝感状〟が、武士の戦功がなんの価値もなくなった時代背景を表徴していて、ひときわ虚しい。

「破顔」「一眼月の如し」「天下と汚名の間」の三編は、それぞれの人物が歴史の上に放った一瞬の閃光《せんこう》を、手慣れた筆致で切り取ってみせた作品。「破顔」の北条早雲は、関東制覇への足掛かりを得たとき、はじめて下手糞な笑顔を見せる。「一眼月の如し」の山本勘助は、川中島合戦で〝啄木鳥〟作戦が敗れたとき、軍師のとるべき道は「死」の他にない。「天下と汚名の間」の明智光秀は、信長殺しの悔恨と天下人の焦燥に苛《さいな》まれた数日間である。

徳川家康に仕えた伊賀の大忍・服部半蔵を描いた「けむりの末」は、後に文庫本十冊書き下ろしの大伝奇ロマン『服部半蔵』の前駆的作品。

「放れ駒」の小早川秀秋は、幼少から天下人秀吉の養子として、守られ大事にされて育った。牧谿《もっけい》の〈春風群馬ノ図〉の仔馬のように、危険になれば身代わりの〝放れ駒〟が守ってくれた。が、関ケ原の松尾山に陣取った秀秋は、いつのまにか自分が秀頼を守るべき立場に立たされていることを知って愕然《がくぜん》とする。秀秋の裏切りで東軍は勝利した。松尾山に一人寂然《せきぜん》と立つ秀秋に向けて、「みろ、あそこに捨て駒がいる」と家康が放つ一言は痛烈である。

最後になったが、戸部新十郎は昨平成十五年八月十三日の午後二時三十分、この世を去った。享年七十七歳だった。

今は能登島を見わたせる石川県七尾市の名刹《めいさつ》・妙観院の墓地にねむっている。

（元毎日新聞出版局・図書企画部長）

二〇〇四年四月

この作品は1989年7月PHP研究所より刊行されました。

徳間文庫をお楽しみいただけましたでしょうか。どうぞご意見・ご感想をお寄せ下さい。
宛先は、〒105－8055　東京都港区芝大門2－2－1　㈱徳間書店「文庫読者係」です。

徳間文庫

野《や》望《ぼう》の峠《とうげ》

2004年5月15日 初刷
著者 戸《と》部《べ》新《しん》十《じゅう》郎《ろう》
発行者 松《まつ》下《した》武《たけ》義《よし》
東京都港区芝大門二—二—一〒105—8055
発行所 株式会社徳間書店
電話 編集部〇三(五四〇三)四三五〇
販売部〇三(五四〇三)四三二四
振替 〇〇一四〇—〇—四四三九二
印刷 株式会社廣済堂
製本 株式会社明泉堂
〈編集担当 村山昌子〉
ISBN4-19-892063-X (乱丁、落丁本はお取りかえいたします)